A CIDADE
SITIADA

clarice

# lispector

A CIDADE SITIADA

POSFÁCIO DE
BENJAMIN MOSER

Rocco

Copyright © 2019 by Paulo Gurgel Valente
Texto da segunda edição revista pela autora em 1964.
Texto do posfácio Obyezloshadenie
de Benjamin Moser. Publicado na edição
brasileira desta obra com a autorização
de Benjamin Moser.
Tradução de José Geraldo Couto

Direitos desta edição reservados à
EDITORA ROCCO LTDA.
Av. Presidente Wilson, 231 – 8º andar
20030-021 – Rio de Janeiro, RJ
Tel.: (21) 3525-2000 – Fax: (21) 3525-2001
rocco@rocco.com.br | www.rocco.com.br

Printed in Brazil/Impresso no Brasil

Preparação de originais
Pedro Karp Vasquez

Projeto gráfico
Victor Burton e Anderson Junqueira

Diagramação
Adriana Moreno

CIP-Brasil. Catalogação na publicação.
Sindicato Nacional dos Editores de Livros, RJ.

L753c Lispector, Clarice, 1920-1977
A cidade sitiada / Clarice Lispector. – 1. ed.
– Rio de Janeiro: Rocco, 2019.

Inclui posfácio
ISBN 978-85-325-3161-2
ISBN 978-85-8122-784-9 (e-book)

1. Romance brasileiro. I. Título.

19-60362   CDD-869.3
                                            CDU-82-31(81)

Meri Gleice Rodrigues de Souza – Bibliotecária CRB-7/6439

O texto deste livro obedece às normas
do Acordo Ortográfico da Língua Portuguesa.

Impressão e Acabamento Geográfica.

No céu, aprender é ver;
Na terra, é lembrar-se.
Píndaro

1. O morro do pasto
9
2. O cidadão
28
3. A caçada
32
4. A estátua pública
59
5. No jardim
80
6. Esboço da cidade
91
7. A aliança com o forasteiro
102

8. A traição
113
9. O tesouro exposto
117
10. O milho no campo
143
11. Os primeiros desertores
166
12. Fim da construção: o viaduto
183

Posfácio
193

1. O MORRO DO PASTO

nze horas, disse tenente Felipe. Mal acabara de falar o relógio da igreja bateu a primeira badalada, dourada, solene. O povo pareceu ouvir um momento o espaço... o estandarte na mão de um anjo imobilizou-se estremecendo. Mas de súbito o fogo de artifício subiu e espoucou entre as badaladas. A multidão, tocada do sono rápido em que sucumbira, moveu-se bruscamente e de novo rebentaram gritos no carrossel. Sobre as cabeças as lanternas se embaciavam tremulando a visão; os bazares se entortavam a gotejar. Quando Felipe e Lucrécia alcançaram a roda-gigante o sino sacudiu-se acima da noite enchendo de emoção a festa religiosa – o movimento da multidão tornou-se mais ansiado e mais livre. A população acorrera para celebrar o subúrbio e seu santo, e no escuro o pátio da igreja resplandecia. Misturando-se à pólvora queimada a groselha erguia os rostos em náusea e ofuscamento. As caras ora apareciam, ora desapareciam. Lucrécia achou-se tão perto de uma face que esta lhe riu. Era difícil perceber que ria para alguém perdido na sombra. Também a moça fingiu falar com Felipe, olhando porém um desconhecido nos olhos que a claridade de um poste enchia: que noite! disse ela para o estranho, e as duas caras hesitaram: o carrossel iluminava o ar em giros, as luzes caíam trêmulas... Se houvesse alguma coisa extraordinária a suceder enfim no subúrbio, esta viria irromper no âmbito da retreta, onde crianças perdiam-se das mães e gritar seria mais um grito: o largo da igreja estava frágil. E crepitava com as castanhas na fogueira. Sonolentas, obstinadas, as pessoas se empurravam com os cotovelos até fazerem parte do círculo silencioso que se formara em torno das chamas.

Uma vez junto do fogo, paravam e espiavam avermelhadas.

As flamas apuravam os gestos, as enormes cabeças se mexiam mecânicas, suaves. Alguns componentes da procissão da tarde, ainda com as roupas sedosas e justas, misturavam-se aos espectadores. Coroada de papelão uma menina insone sacudia os cachos – era sábado de noite. Sob o chapéu o rosto mal iluminado de Lucrécia ora se tornava delicado, ora monstruoso. Ela espiava. A cara tinha uma atenção doce, sem malícia, os olhos escuros espiando as mutações do fogo, o chapéu com a flor.

De novo arrastada por Felipe, ambos agora seguiam uma direção desconhecida através do povo, empurrando, tateando. Lucrécia sorria com satisfação. Seu rosto queria avançar mas o corpo mal pôde mover-se porque a festa repentinamente se comprimira, perpassada por uma contração inicial longínqua. Tentou ao menos liberar uma das mãos e endireitar o chapéu que deslocado até um olho dava à cara alegre uma expressão de desastre. Mas Felipe a segurava pelo cotovelo protegendo-a e rindo...

O tenente levantava a cabeça acima das outras e ria para o céu. A moça suportava mal esse riso livre que era um modo do forasteiro desprezar a pobre festividade de S. Geraldo. Embora ela própria não conseguisse cair plenamente no centro do regozijo que ora parecia estalar no silêncio do fogo, ora esfuziar-se dos giros dos cavalinhos – embora procurasse com o rosto o lugar de onde jorrava o prazer. Onde estaria o centro de um subúrbio? Felipe usava o uniforme. Sob o pretexto de se apoiar a moça passava os dedos pelos grossos botões, cega, atenta. De súbito acharam-se fora da festa.

Estavam no vazio quase escuro porque o povo se comprimia na zona da retreta como dentro de um círculo demarcado. De fora era mesmo estranho espiar os habitantes se empurrando: aqueles cujas costas já davam para o vazio lutavam sonâmbulos para entrar. O rapaz e a moça olhavam sacudindo a poeira das roupas. Nesse momento o relógio da torre bateu longe, tranquilo... O relógio da igreja abalou-se mais potente, misturando-se à delicadeza das outras horas. Lucrécia inquietou-se. Em breve, o tenente mal conseguindo acompanhá-la, a moça caminhava à frente quase correndo. O principal acontecimento da noite de S. Geraldo não fora sequer anunciado, a cidadezinha estava milagrosamente inteira ainda – Felipe ria irritado: não corra, menina! dobraram a esquina e encontraram-se no largo de pedra. A torre do relógio ainda estremecia.

A praça estava nua. Tão irreconhecível ao luar que a moça não se reconhecia. Também Felipe estacara aliviado: malditos! exclamou empurrando o quepe para trás. Sábado era noite de vários mundos: o tenente tossiu transmitindo-lhes sucessivamente a voz sem palavras. As janelas estremeceram ao relincho. Nenhum vento soprava. Apesar da lua a estátua do cavalo em trevas. Via-se, apenas mais nítida, a ponta da espada do cavaleiro suspendendo fulgor parado. O luar imprimira as mil portas mudas nas portas. E a praça se pasmara na postura torta em que tinha sido tocada. Era o mesmo frio reconhecimento de quando se ouvia a clarineta de um cego... As lajes quase reveladas, mal se podia tocá-las com as botinas. A moça bateu mesmo duas palmas... Que se dividiram imediatamente em salva surda – a praça toda aplaudia. Em menos de um segundo as palmas se separaram e uma ou outra foi sufocar-se nos becos indeterminados pela escuridão. A moça escutou um pouco hostil, as duas mãos afinal enterraram com decisão o chapéu na cabeça. Despediu-se de Felipe dizendo-lhe que não convinha serem vistos juntos.

Apenas começou a andar sozinha e já se arrependia porque era isso mesmo que S. Geraldo queria. Andava contida, mecânica, tentando mesmo certa ironia. Mas os passos se multiplicavam e a praça de pedra marchava. Interrompeu-se sem avisar, amarrou os cordões da botina... Quando ergueu a cabeça resolveu não deixar de olhar o sobrado mais estreito, a menor sombra. As lojas fechadas com as cortinas de ferro. Estava sendo delicada com todos. Toco mesmo neste poste, pensou mais confiante. O poste estava gelado.

Em momentos a música do coreto era trazida pelo ar – a retreta proliferava sob as luzes amarelas. Mas o som se retinha à beira das ruas desertas. Lucrécia olhou para cima também, com alguma insolência. Mas em cada janela da cidade deserta um homem se balançava na sombra das venezianas – as venezianas oscilavam. A mocinha estremecia de medo de estar viva. Certas coisas davam o mesmo sinal – a falta de vento – um cego tocando – o luar na pedra... persignou-se rapidamente enquanto um rato gordo se dourava sob o poste. Passos secos soaram. O soldado diminuído pela distân-

cia apareceu numa esquina e sumiu por outra... sábado era noite de bêbedos. Um papel estremecia no chão: então ela começou a correr antes que tudo começasse até encostar-se à porta de casa. Tocou a campainha longamente...
A estridência inesperada do som atravessava o espaço escuro. A moça parecia ter tocado a campainha de outra cidade. Aguardou um instante. Mas depois de se ter manifestado pela campainha não ousava mais estar de costas: começou a bater com punhos cerrados, o rato corria tranquilo perto da carroça adormecida; ela batia e olhava para o céu – as nuvens transportadas pareciam imóveis e a lua passava... ela batia – batia com os punhos fechados olhando o céu, os cabelos cresciam de ingenuidade e horror, cada vez era mais perigoso, as casas de pé... Afinal do alto da escada puxaram a corda da fechadura. Num rangido a porta se entreabria.

Então os sinos subitamente sacudiram-se em vidro, espargiram-se da retreta sobre a cidade, fogos de artifício espoucaram. As coisas se quebravam em desastre quase antes dela se abrigar – fechou duramente a porta.

Aos poucos, na escuridão tranquilizadora, abandonou-se. Estava ainda eriçada, cada ponta revertida de coisa não poderia ser tocada, as colunas do corrimão torcidas. Também o tamanho de S. Geraldo se alargara e ela viu de baixo para cima – a imensa escadaria a subir. Os sinos tocavam. Dlin, dlen, dlin, dlen, ouviu ela com atenção. Imaginou que as ruas deveriam ter se iluminado todas ao som dos sinos... A noite agora era de ouro. Lucrécia Neves escapara.

O sobrado onde morava era atravessado de canos d'água e de janelas, o que o tornava muito fraco – a moça subia os degraus que estremeciam às derradeiras vibrações dos sinos.

O subúrbio de S. Geraldo, no ano de 192..., já misturava ao cheiro de estrebaria algum progresso. Quanto mais fábricas se abriam nos arredores, mais o subúrbio se erguia em vida própria sem que os habitantes pudessem dizer que transformação os atingia. Os movimentos já se haviam congestionado e não se poderia atravessar uma rua sem desviar-se de uma carroça que os cavalos vagarosos puxavam, enquanto um automóvel impaciente buzinava atrás lançando fumaça. Mesmo os crepúsculos eram agora enfumaçados e sanguinolentos. De manhã, entre os caminhões que pediam passagem para a nova usina, transportando madeira e ferro, as cestas de peixe se espalhavam pela calçada, vindas através da noite de centros maiores. Dos sobrados desciam mulheres despenteadas com panelas, os peixes eram pesados quase na mão, enquanto vendedores em manga de camisa gritavam os preços. E quando sobre o alegre movimento da manhã soprava o vento fresco e perturbador, dir-se-ia que a população inteira se preparava para um embarque.

Ao pôr do sol galos invisíveis ainda cocoricavam. E misturando-se ainda à poeira metálica das fábricas o cheiro das vacas nutria o entardecer. Mas de noite, com as ruas subitamente desertas, já se respirava o silêncio com desassossego, como numa cidade; e nos andares piscando de luz todos pareciam estar sentados. As noites cheiravam a estrume e eram frescas. Às vezes chovia.

A vida tumultuosa da rua do Mercado estava deslocada naquele ambiente onde um gosto passado reinava nas varandas de ferro forjado, nas fachadas rasas dos sobrados. E na pequena igreja cuja arquitetura modesta se erguera no antigo silêncio. Aos poucos, porém, a praça de pedra se perdeu entre os gritos com que os carroceiros imitavam os animais para falar com eles. Sob a necessidade cada vez mais urgente de transporte, levas de cavalos haviam invadido o subúrbio, e nas crianças ainda agrestes nascia o secreto desejo de galopar. Um baio novo dera mesmo um coice mortal num menino. E o lugar onde a criança audaciosa morrera era olhado pelas pessoas numa censura que na verdade não sabiam a quem dirigir. Com as cestas nos braços elas paravam olhando.

Até que um jornal se inteirara do caso e leu-se com certo orgulho uma nota – onde não faltava ironia sobre a lentidão com que uma série de subúrbios se civilizava – com o título de: "O Crime Do Cavalo Num Subúrbio".

Este era o primeiro nome claro em S. Geraldo, e alguém enfim chamado, os moradores olhavam com rancor e admiração os grandes animais que invadiam em trote a cidade rasa. E que de súbito estacavam em longo relincho, as patas sobre as ruínas. Aspirando com as narinas selvagens como se tivessem conhecido outra época no sangue.

Mas às duas da tarde as ruas ficavam secas e quase desertas, o sol em vez de revelar as coisas ocultava-as em luz: as calçadas se prolongavam indefinidamente e S. Geraldo se tornava uma grande cidade. Três mulheres de pedra sustentavam a portada do edifício modernista que uns andaimes ainda obstruíam: era o único lugar em sombra. Um homem postara-se embaixo. Ah! dizia uma ave cortando obliquamente a intensa luz. Em resposta as três mulheres sustentavam o edifício. Ah! gritava o pássaro distanciando-se acima dos telhados. Um cachorro cheirava os esgotos iluminados. Homens espaçados – jogadores de chapéu de palha e palito na boca – espiavam. Da Carvoaria Coroa de Ferro saiu uma cara negra de olhos brancos. Lucrécia Neves meteu a cabeça na frescura da carvoaria; espiou um pouco. Quando a retirou – lá estava a calçada... Que realidade, via a moça. Cada coisa. Entortou a cabeça como modo de olhar. Cada coisa. Mas de repente, no silêncio do sol, uma parelha de cavalos desembocou de uma esquina. Por um momento imobilizou-se de patas erguidas. Fulgurando nas bocas.

Todos olharam de seus postos, duros, separados.

Passado o ofuscamento da aparição os cavalos encurvaram o pescoço, abaixaram as patas – os vagabundos de chapéu de palha deslocaram-se rapidamente, uma janela bateu. Reativada Lucrécia entrou no armazém.

Quando saiu com os embrulhos, as ruas já se haviam transformado. Em vez do vazio do sol cada coisa se movia a caminho de suas próprias formas utilizando as menores sombras. O subúrbio estava agora insignificante e minucioso: iniciara-se a tarde. Onde havia água, a brisa a frisava. Uma cortina de ferro subiu com a primeira estridência e revelou-se a casa de quinquilharias: a loja de coisas. Quanto mais velho um objeto, mais se despojava. A forma esquecida durante o uso erguia-se agora na vitrina para a incompreensão dos olhos – e assim espiava a moça, cobiçando a caixinha de louça rosada.

Havia duas flores pintadas sobre a tampa.

Até que a sombra da mangueira se alongou pela calçada. Chegada a esse ponto a tarde ficou imutável. Algumas pessoas pensaram em piquenique. Mas não o realizaram: uma ficou de pé na esquina – outra olhava pela cortina de uma janela – outra recontou as malhas do crochê.

Nesse mesmo dia, quando o sol ia se pôr, o ouro se espalhou pelas nuvens e pelas pedras. Os rostos dos habitantes ficaram dourados como armaduras e assim brilhavam os cabelos desfeitos. Fábricas empoeiradas apitavam continuamente, a roda de uma carroça ganhou um nimbo. Nesse ouro pálido à brisa havia uma ascensão de espada desembainhada – assim se erguia a estátua da praça. Passando pelas ruas mais leves os homens na luz pareciam vir do horizonte e não do trabalho. O subúrbio de carvão e ferro transportara-se para o alto de uma colina, os ramos das amendoeiras se balançavam. Cavalos, a terra negra e o tanque seco da praça haviam emprestado certa arrogância aos moradores de S. Geraldo. E uma audácia que lembrava a cólera sem ira. Os homens diziam muito uns aos outros: que é! nunca me viu! era comum terem olhos cinzentos e brilhantes como placas. Domingo de manhã o ar cheirava a aço e os cães ladravam para os que saíam da missa. E de tarde, nas primeiras angústias de domingo em cidade, as pessoas limpas na rua espiavam para cima: num sobrado alguém ensaiava o saxofone. Elas escutavam. Como numa cidade, já não sabiam para onde ir. Apesar do progresso o subúrbio conservava lugares quase desertos, já em fronteira com o campo. Esses lugares em breve tomaram o nome de "passeios". E também havia pessoas que, invisíveis na vida passada, ganhavam agora certa importância apenas por se recusarem à nova era. A velha Efigênia morava a uma hora de marcha além da Cancela. Quando lhe morrera o marido continuara a manter o pequeno curral, não querendo misturar-se ao pecado nascente. E embora só fosse à rua do Mercado para depositar as bilhas de leite, tornara-se um pouco dona de S. Geraldo. Se parava junto de uma loja, com o olhar seco que não parecia precisar ver, perguntavam-lhe rindo de encabulamento como iam as coisas, como se ela pudesse saber mais que todos. Pois do próprio adiantamento de S. Geraldo nascera tímido desejo de espiritualidade, do qual a A.J.F.S.G. era um dos resultados. Quando Efigênia dizia que acordava de madrugada, lançava grande inquietação nos comerciantes que, na qualidade de chefes, já começavam a dizer: S. Geraldo precisa de uma diretiva. Embora a vida espiritual que vagamente atribuíam a Efigênia parecesse afinal se resumir no fato dela não afirmar nem negar, em não participar nem de si própria, a tal ponto chegara sua austeridade. A ser calada e dura como sucedia a pessoas que nunca tinham precisado pensar. Enquanto que em S. Geraldo começava-se a falar muito.

Foi nessa época de brisa e indecisão, nesse momento de cidade ainda mal erguida, quando o vento é presságio e o luar horroriza pelo seu sinal – foi no descampado desta nova era que nasceu e morreu a Associação de Juventude Feminina de S. Geraldo. De início votado à caridade, o grupo – fustigado pelos motores da usina, interrompido pelo tráfego dos cavalos e pelos súbitos apitos das fábricas – passou inesperadamente a ter seu próprio hino, e numa reviravolta que assustou mesmo as sócias – seu fim era agora o de enobrecer as coisas belas. A Associação teria talvez ficado na organização de tômbolas e recreios se não fosse Cristina que acendia um fogo vazio e destinado ao vazio, onde se consumiriam as sócias em nome da alma que deve progredir. Aos poucos as jovens se reuniam com um ardor na verdade já sem causa. À tarde viam-se entrar na casa da reunião grupos apressados de moças pequenas, com quadris baixos e cabelos compridos, tipo feminino daquela zona. Em nome de uma esperança já assustadora incitavam-se e manifestavam-se no hino que falava com violência mal contida da alegria das flores, do domingo e do bem. Elas tinham medo da cidade que nascia. No domingo cantado elas costuravam, ao meio-dia interrompendo-se sufocadas, passando a mão pelos lábios que um buço escurecia; deitavam-se cedo. E na grande noite de S. Geraldo sucedia enfim alguma coisa cujo sentido confuso e empoeirado elas em vão tentavam de dia cantar com bocas abertas. Escutando no sono, remexendo-se, chamadas e sem poder ir, perturbadas pela importância insubstituível que tem cada coisa e cada ser numa cidade que nasce. Mas Cristina as instigaria na reunião seguinte. Bastava sua presença para agitar o agrupamento e, em pouco, entre projetos de pureza e amor à alma, sem que na sombria sala de reunião uma palavra mais clara pudesse ser pronunciada, todas estavam excitadas para o caminho do bem: Cristina é a nossa vanguardista, diziam sorridentes. Era uma tentativa sorrateira de espírito pelo lado onde este menos esperava. Enquanto Cristina estabelecia com uma facilidade de inteligência novos princípios: a vida que se leva por dentro não é a vida terrena, dizia, o sacrifício da carne é realizar-se como carne, dizia. As fábricas apitavam anunciando o fim do trabalho. Em breve também se ouviam as cortinas de ferro das lojas a descer – mas as moças custavam a se separar e na sala já escura moviam-se sem saber o que fazer.

Cristina era uma moça baixa como uma mulher devia ser, um pouco gorda como deveria ser uma mulher. Era a moça mais adiantada do subúrbio. O que não impedia que chamasse pouco a atenção dos homens. Estes, mais inocentes e leais do que as mulheres de S. Geraldo, aproximavam-se dela por certa curiosidade: ela cheirava a leite, a suor, a roupas de corpo – eles farejavam apenas e iam embora.

Quando Lucrécia entrou para a A.J.F.S.G., já encontrou as sócias dando-se tanta liberdade espiritual que não sabiam mais o que ser. De tanto se exteriorizar haviam terminado como as flores cantadas, tomando um sentido que ultrapassava a existência de cada uma, agitando-se como as ruas já inquietas de S. Geraldo. Tinha enfim formado o tipo de pessoa adequada a viver naquele tempo num subúrbio.

Lucrécia aproximara-se atraída pela ideia de bailes mas Cristina e ela se olharam desde a primeira vez como inimigas; só que Lucrécia não era inteligente e foi vencida. Além do mais tudo ali parecia estranho à moça, e a palavra "ideal", que as outras tanto usavam, soava-lhe desconhecida. "O ideal, o ideal"! mas que queriam elas dizer com o ideal!, disse-lhes obstinada e mesmo altiva. As moças, confusas, se entreolharam rancorosas. Lucrécia não tardou a retirar-se enquanto Cristina ganhava em força, cada vez mais cruel e feliz. E em breve a perturbação causada por Lucrécia foi esquecida. Assim como a população já deixara de acusar os cavalos. Estes, agora despercebidos pelo hábito, eram no entanto a força sorrateira sobre S. Geraldo. E também Lucrécia, ignorada pela Associação.

A moça e um cavalo representavam as duas raças de construtores que iniciaram a tradição da futura metrópole, ambos poderiam servir de armas para um seu escudo. A ínfima função da mocinha na sua época era uma função arcaica que renasce cada vez que se forma uma vila, sua história formou com esforço o espírito de uma cidade. Não se poderia saber que reinado ela representava junto à nova colônia pois que seu trabalho era curto demais, e quase inexplorável: tudo o que ela via era *alguma coisa*. Nela e num cavalo a impressão era a expressão. Na verdade função bem tosca – ela indicava o nome íntimo das coisas, ela, os cavalos e alguns outros; e mais tarde as coisas seriam olhadas por esse nome. A realidade precisava da mocinha para ter uma forma. "O que se vê" – era a sua única vida interior; e o que se via tornou-se a sua vaga história. Que se lhe fosse revelada dar-lhe-ia somente a recordação de um pensamento ocorrido antes de dormir. Apesar de não poder se reconhecer na revelação de sua vida secreta, ela a guiava mesmo; ela a conhecia indiretamente como a planta seria tocada se lhe ferissem a raiz. Estava no seu pequeno destino insubstituível passar pela grandeza de espírito como por um perigo, e depois decair na riqueza de uma idade de ouro e de escuridão, e depois perder-se de vista – foi o que sucedeu com S. Geraldo.

A ideia de "progredir", da Associação, encontrara Lucrécia de atenção já desperta, querendo sair da dificuldade e mesmo usá-la – porque a dificuldade era o seu único instrumento. Até alcançar a extrema docilidade de visão. Carroças passavam. A igreja batia os sinos. Cavalos escravizados trotavam. A torre da usina ao sol. Tudo isso podia-se ver de uma janela, farejando o ar novo. E a cidade ia tomando a forma que o seu olhar revelava.

Nesse momento propício em que as pessoas viviam, cada vez que se visse – novas extensões emergiriam, e mais um sentido se criaria: era esta a pouco usável vida íntima de Lucrécia Neves. E isso era S. Geraldo, cuja História futura, como na lembrança de uma cidade sepultada, seria apenas a história do que se tivesse visto.

Até centros espíritas começavam a formar-se acanhadamente no subúrbio católico e Lucrécia mesma inventou que às vezes ouvia uma voz. Mas na verdade ser-lhe-ia mais fácil ver o sobrenatural: tocar na realidade é que estremeceria nos dedos. Ela nunca ouvira nenhuma voz, nem sequer desejava ouvi-la; ela era menos importante, e muito mais ocupada.

E assim era S. Geraldo acumulado de carroças rangentes, de sobrados e mercados, com planos de construção de uma ponte. Mal se podia adivinhar sua umidade radiosa e tranquila que em certas madrugadas vinha da névoa e saía das ventas dos cavalos – a umidade radiosa era uma das realidades mais difíceis de se enxergar no subúrbio. Da janela mais alta do Convento, no domingo – depois de atravessar o centro, a Cancela e a zona da ferrovia – as pessoas se debruçavam e adivinhavam-na através do crepúsculo: lá... lá estava o subúrbio estendido. E o que elas viam era o pensamento que elas nunca poderiam pensar. "É o passeio mais bonito de S. Geraldo", diziam então balançando a cabeça. E não havia outro modo de conhecer o subúrbio; S. Geraldo era explorável apenas pelo olhar. Também Lucrécia Neves de pé espiava a cidade que de dentro era invisível e que a distância tornava de novo um sonho: ela debruçava-se sem nenhuma individualidade, procurando apenas olhar diretamente as coisas.

Terminada a romaria dominical ao Convento, as casas se iluminando uma a uma – quanto mais uma pessoa penetrasse no centro menos saberia como é uma cidade.

Ah, se eu pudesse ir hoje mesmo a um baile, pensava a moça na noite de domingo, tocando a mesinha da sala de visitas com delicadeza. Gostava muito de se divertir. Contente, em pé junto da mesinha, rindo à ideia de um baile, os dentes amarelos aparecendo com inocência.

Mas pelo menos ela passeava quanto podia, entre as coisas do Mercado, de chapéu, de bolsa, algum fio corrido nas meias. Saía e entrava em casa, ou ocupava-se durante horas com roupas, a transformar, a emendar; tinha alguns namorados e cansava-se muito; de chapéu e luvas velhas atravessava o Mercado de Peixe.

E passeava. Mesmo com doutor Lucas, quando se encontravam por acaso, suas relações quase de cliente e médico, a mulher dele doente no Sanatório de S. Geraldo, e Lucrécia Neves orgulhosa de andar com um homem diplomado – eles desciam seis degraus de cimento para o parque que se estendia abaixo do nível do subúrbio. Folhas úmidas jaziam no chão – eles andavam olhando o chão. E das plantas vinha um cheiro novo, de alguma coisa que se estava construindo e que só o futuro veria.

O parque de S. Geraldo era amarelo e cinzento com os longos talos enegrecidos – e as borboletas. E aquela era a sua amizade com um homem moço e austero. Se Lucrécia Neves não era sensual a diferença de sexos causava-lhe certa alegria. No parque havia alguns brinquedos de crianças, postes negros, soldados com namoradas – era um dos passeios de S. Geraldo. Doutor Lucas emprestara-lhe uma vez um livro mas ela mal assimilava, como por teimosia e excessiva paciência. Nunca precisara aliás da inteligência. Sentaram num barranco e porque ele escrevia para a "Revista Médico-Social" a moça disse que talvez um dia escrevesse o romance de sua vida! ela disse e olhou para o ar com altivez. Tudo era mentira e fazia frio, o médico a aconselhava – e ela no fundo possuindo aquele mal-estar feliz que era desconfiança sobre o que podia vir de um homem: a moça era muito desconfiada. E lenta. Pois falava e falava com o médico e não conseguia transmitir-lhe nada. Mas pelo menos espiava tudo com tal clareza: via soldados e crianças. Sua forma de se exprimir reduzia-se a olhar bem, gostava tanto de passear! – e assim eram também os habitantes de S. Geraldo, talvez inspirados pela acuidade do ar de toda aquela zona, propensa a fortes chuvas e a verões altos. Mesmo quando pequena Lucrécia já mantinha por horas os olhos abertos na cama, escutando o ruído de uma ou outra carroça que passando parecia marcar seu destino terrestre. Enquanto em outros lugares crianças mais felizes, filhas de pescadores, faziam-se ao mar. Depois, mais crescidos, os meninos de manhã cedo já não estavam em casa – voltavam sujos, rasgados, com alguma coisa na mão.¹

Talvez chamada pelo começo de visão que domingo tivera da janela do Convento, na segunda-feira a moça procurava o outro passeio de S. Geraldo: o riacho. Atravessava a Cancela e os trilhos, descia depressa o declive espiando os pés. Por um instante imobilizada parecia refletir profundamente. Embora não pensasse em nada. E de súbito, irreprimível, seguia o rumo contrário – subia o morro do pasto, cansada com a própria insistência. À medida em que se subia divisavam-se à esquerda um trecho arruinado do subúrbio, os sobrados enegrecidos... Nada se via adiante senão a mesma linha ascendente que se estabeleceria enfim no morro.

Onde ficaria de pé espiando. Ainda ofegante da subida. Séria, obediente. Encontrando apenas as nuvens que passeavam e a grande claridade. Mas ela não parecia desiludida.

Apesar do céu alto o ar no morro era tempestuoso e, às vezes incontido, arrastava com violência um papel ou uma folha. As latas e as moscas não chegavam a povoar o descampado. A essa hora do dia pisavam-se ervas ardentes e não se subjugaria com o olhar a aridez e o vento do planalto – uma onda de poeira se erguendo ao galope de um cavalo imaginário. A moça esperava paciente. Que espécie de verossimilhança viera procurar no morro? ela espiava. Até que o cair da tarde fosse acordando a piscante umidade que o entardecer levita no campo. E a possibilidade de rumor que a escuridão favorece.

Mas à noite cavalos liberados das cargas e conduzidos à ervagem galopavam finos e soltos no escuro. Potros, rocins, alazões, longas éguas, cascos duros – uma cabeça fria e escura de cavalo – os cascos batendo, focinhos espumantes erguendo-se para o ar em ira e murmúrio. E às vezes um suspiro que esfriava as ervas em tremor. Então o baio se adiantava. Andava de lado, a cabeça encurvada até o peito, cadenciado. Os outros assistiam sem olhar.

Meio sentada no leito, Lucrécia Neves adivinhava os cascos secos avançando até estacarem no ponto mais alto da colina. E a cabeça a dominar o subúrbio, lançando o longo relincho. O medo a tomava nas trevas do quarto, o terror de um rei, a mocinha quereria responder com as gengivas à mostra. Na inveja do desejo o rosto adquiria a nobreza inquieta de uma cabeça de cavalo. Cansada, jubilante, escutando o trote sonâmbulo. Mal saísse do quarto sua forma iria se avolumando e apurando-se, e quando chegasse à rua já estaria a galopar com patas sensíveis, os cascos escorregando nos últimos degraus. Da calçada deserta ela olharia: um canto e outro. E veria as coisas como um cavalo. Porque não havia tempo a perder: mesmo de noite a cidade trabalhava fortificando-se e de manhã novas trincheiras estariam de pé. De sua cama ela procurava ao menos escutar o morro do pasto onde nas trevas cavalos sem nome galopavam retornados ao estado de caça e guerra. Até que adormecia.

Mas as bestas não abandonavam o subúrbio. E se no meio da ronda selvagem aparecia um potro branco – era um assombro no escuro. Todas estacavam. O cavalo prodigioso *aparecia*. Mostrava-se empinado um instante. Imóveis os animais aguardavam sem se espiar. Mas um deles batia o casco. E a pancadinha breve quebrava a vigília: fustigados moviam-se de súbito álacres, entrecruzando-se sem se tocarem e entre eles se perdia o cavalo branco. Até que um relincho de súbita cólera os advertia – por um segundo atentos, logo se espalhavam em nova composição de trote, o dorso sem cavaleiros, os pescoços abaixados até a boca tocar no peito. Eriçadas as crinas; regulares, incultos.

Noite alta vinha encontrá-los imóveis nas trevas. Estáveis e sem peso. Lá estavam eles invisíveis, respirando. Aguardando com a inteligência curta. Embaixo, no subúrbio adormecido um galo voava e empoleirava-se no bordo de uma janela. As galinhas espiavam. Além da ferrovia um rato pronto a fugir.

Então o tordilho batia a pata. Ninguém tinha boca para falar mas um dava algum pequeno sinal que se manifestava de espaço a espaço na escuridão. Eles espiavam. Aqueles animais que tinham um olho para ver de cada lado – nada era visto de frente, e essa era a noite de S. Geraldo, os flancos de um cavalo percorridos por rápida contração. Nos primeiros silêncios uma égua esgazeava o olho como se estivesse rodeada pela eternidade. O potro mais inquieto ainda erguia a crina em surdo relincho. Enfim reinava o silêncio. Até que a madrugada os revelava. Estavam separados, de pé sobre a colina. Exaustos, frescos.

E no limiar da aurora, quando todos dormiam e a luz mal se separara da umidade das árvores – no limiar da aurora o ponto mais alto da cidade passava a ser Efigênia.

Do horizonte apenas mais lívido um pássaro se erguia, e para os lados da ferrovia as névoas iam passando. As árvores espaçadas ainda mantinham a imobilidade da noite. Só os fios de capim estremeciam à frescura, na campina vibrava uma folha de papel velho. Efigênia se levantava e olhava a planície cuja antiga aspereza fora alisada pelo vento de tantas noites. Tocava a luz do vidro da janela limpando-o com o cotovelo. Então se ajoelhava e rezava a única frase que lhe ficara do orfanato de Irmãs, daquele tempo em que a janela mais alta do convento se abria para um vilarejo perdido: sinto na minha carne uma lei que contradiz a lei de meu espírito, dizia ausente. O que era a sua carne, nunca soubera; neste momento era uma forma ajoelhada. O que era o seu espírito, ela ignorava. Talvez fosse a luz mal erguida da madrugada sobre os trilhos. Seu corpo servira-lhe apenas de sinal para poder ser vista; seu espírito, ela o via na planície. Coçando-se violentamente na sua transfiguração: já não se poderia dizer que ela era pequena porque ajoelhada perdia a forma reconhecível. O reumatismo era a sua dureza. E tanto se concentrava difusa na claridade de seu espírito sobre a campina que este já não era seu. Assim se mantinha, pensando por intermédio da luz que via. O papel voava na planície, encostara-se a uma árvore e tremia preso contra o tronco. Sinto na minha carne uma lei que contradiz a lei de meu espírito, dizia pigarreando na madrugada: tudo estremecia cada vez mais embora nada se transformasse.

Eis porém que uma folha vibrava em aço no meio da ramagem escura como sinal para poder ser vista. Efigênia se levantava com esforço, recuperava a forma seca e entrava na cozinha. As panelas estavam frias, e o fogão morto. Em breve a chama se erguia, a fumaça enchia o compartimento e a mulher tossia com os olhos cheios de lágrimas. Enxugando-os, abrindo a porta dos fundos e cuspindo.

A terra do quintal estava dura. No espaço o arame de estender roupa. Efigênia esfregava as mãos esquentando-as: tudo aquilo estava para ser transformado pelo seu olhar. Um olhar que não vinha dos olhos mas da cara de pedra – era assim que os outros a viam e sabiam ser inútil lamentar-se. Diante daquele rosto eles deviam esconder a fraqueza, mostrar-se rude e não esperar louvor – era desse modo que Efigênia era boa e sem piedade. Voltava para a cozinha, tomava vários goles de café soprando, tossindo, cuspindo, enchendo-se do primeiro calor. Então abria a porta e a fumaça se libertava. De pé na soleira da porta, sem súplica, sem perdão.

Eis a claridade neutra cobrindo a campina. Pássaros escuros voavam. Toda a ramagem estava agora transpassada de luz, de gravidade e perfume. A mulher cuspia longe com mais segurança, as mãos na cintura. Sua dureza de joia. O arame se balançava sob o peso de um pardal. Ela cuspia de novo, ríspida, feliz. O trabalho de seu espírito tinha sido feito: era dia.

2. O CIDADÃO

"Os seres marinhos, quando não tocam o fundo do mar, se adaptam a uma vida flutuante ou pelágica", estudou Perseu na tarde de 15 de maio de 192...
Heroico e vazio o cidadão continuou de pé junto da janela aberta. Mas na verdade jamais poderia transmitir a alguém o modo pelo qual ele era harmonioso, e mesmo que falasse não diria uma palavra que cedesse a polidez de sua aparência: sua extrema harmonia era apenas evidente.
"Os animais pelágicos se reproduzem com profusão", disse com oca luminosidade. Cego e glorioso – era isso apenas o que se podia saber dele vendo-o à janela de um segundo andar. Mas se ninguém conseguiria sondar sua harmonia – também ele parecia não sentir mais do que ela. Porque este era o seu grau de luz. "Os animais e vegetais marinhos com profusão", disse sem ímpeto mas sem freio porque este era o seu grau de luz. Não importa que na

luz ele fosse tão cego como os outros na escuridão. A diferença é que ele estava na luz. "Flutuantes", falou. Despercebido à janela porque ele era apenas um dos modos de ser S. Geraldo. E também um de seus alicerçadores somente por ter nascido quando o subúrbio também se erguia, apenas por ter um apelido que só se tornaria estranho quando um dia S. Geraldo mudasse de nome; de pé diante da janela aberta. Era essa a natureza de uma raça de homem.

E assim ele ficou, observando com aplicação Efigênia que na rua carregava uma cesta. A mulher parou e enquanto repousava passeou o olhar com ócio e certo desespero pelos arredores ensolarados: eram quase três horas e todas as portas começaram a se abrir ao mesmo tempo. Efigênia retomou a cesta. Para mais adiante interromper-se de novo e arrastar penosamente o fardo. Afinal ela estacou outra vez – mas Perseu era paciente. "Os animais", disse ele. A mulher retomou a cesta. "Se reproduzem com extraordinária profusão", disse Perseu. Decorar era bonito. Enquanto se decorava não se refletia, o vasto pensamento era o corpo existindo – sua concretização era luminosa: ele estava imóvel diante de uma janela. "Se alimentam de microvegetais fundamentais, de inusórios etc."

"Etc.!" repetiu brilhante, indomável.

E agora se calava, moroso e cheio de sol. "Os seres marinhos", disse num murmúrio; a inconsciência do rapaz dominava largamente a cidade. "Se reproduzem", acrescentou sombrio. Suas asas eram grandes asas imóveis. Inclinou-se então pela janela e gritou:

– Fruteiro! suba!

Ah! voou uma gralha espantada.

Grande, revelado nos braços nus, comprou tangerinas no corredor escuro.

Voltou e empoleirou-se no parapeito da janela. Em breve comia e jogava os caroços no beco sujo. Olhava piscando: o caroço dava dois pulos antes de imobilizar-se ao sol. Perseu não o perdia de vista apesar da distância e das pessoas que já se entrecruzavam apressadas: ele era paciente. E em pouco a rua se achava plena de pontos concretos: inúmeros caroços espalhados numa disposição que tinha um sentido flagrante – apenas que incompreensível. Assim como os sobrados dispostos na rua. Estava na sua natureza poder possuir uma ideia e não saber pensá-la: assim ele a expunha, ofuscado, persistente, jogando os caroços. Havia mesmo algumas anedotas sobre a lentidão de inteligência dos homens de S. Geraldo, enquanto as mulheres eram tão espirituosas! "Se reproduzem com extraordinária profusão!" disse o rapaz de repente fustigado.

Em breve estava novamente absorvido pela espécie de perfeição que existia em jogar caroços; tudo o que se parecesse com mecanismos já começava a interessar aos novos cidadãos. Absorvido porém remoto. Pois seu tempo parecia impossível de ser preenchido por uma ação: ele jogava no vazio. Somente algum sinal fazia com que dentro dessa largueza houvesse particularmente a sua vida. "Os seres marinhos pelágicos", disse bastante alto com a boca cheia.

O que salvava da angústia esta criatura perdida é que ela era perdida como Deus quer que se seja inocente: ele comia e jogava os caroços. O mundo podia passar sem este pedreiro cego. Mas uma vez que ele vivia, ninguém mais poderia executar o seu trabalho, tão intransmissível este já se tornara: assim jogou mais três caroços, recuando a cabeça e mirando com um olho fechado... "Vida flutuante ou pelágica", exclamou refazendo-se. Atrás do rosto belo e resignado havia um outro que, repetindo os traços externos, tinha uma expressão um pouco horrível, a expressão de um pensamento profundo. E uma intolerância moral – a dos são-geraldenses – ao mesmo tempo maior e mais amorfa do que a do rosto exterior que buscava certa unidade que fosse imediatamente compreendida por um espelho: atrás do rosto dourado e cortês um cheiro quase desagradável de estábulo porque ele era muito moço ainda.

Assim se haviam passado vários momentos proporcionais e amadurecidos enquanto o rapaz jogava os caroços como se tivesse afiado ouro numa oficina – a primeira badalada do relógio fê-lo erguer um rosto sonolento pela aplicação. Por um instante uma cara fora de alcance esperava sem interesse o que lhe iam dizer: o relógio da praça batia três horas largas acima de S. Geraldo e sob as badaladas vibrantes o subúrbio foi submergindo. Quando reapareceu escorrendo às últimas ressonâncias, o subúrbio estava claro e tudo podia ser mais visto: sobre a mesa da janela jazia o livro aberto, e na página revelada pela súbita nitidez da hora estava inscrito:

– Este animal discoidal é formado de acordo com a simetria baseada no número 4.

Assim estava escrito! E o sol batia em cheio sobre a página empoeirada: pela casa defronte subia mesmo uma barata... Então o rapaz disse aquilo que era lustroso como um escaravelho:

– Os seres pelágicos se reproduzem com extraordinária profusão, exclamou afinal de cor.

O relógio atrasado da igreja bateu três horas. Ah! espavoriu-se a gralha de novo perseguida. Perseu balançou os dois últimos caroços na concha da mão e lançou-os em dados. O jogo estava feito! Era de tarde. O rapaz parou maravilhado e vazio. Inesperadamente abriu as grandes asas num bocejo de juventude.

3. A CAÇADA

Nessa mesma tarde ouviu-se a cadência de patas nas pedras da rua do Mercado. A carroça e o cavalo avançavam a passo. De súbito a cabeça do cavalo cresceu, a um movimento espavorido do pescoço ergueu-se: gengivas roxas apareceram e os freios cortaram-lhe a boca – num rincho de todo o corpo e na estridência das rodas: o cavalo e a carroça. Depois o vento continuou a soprar em silêncio.

O que sucedia na rua não atingia mas chamava como para assistir um incêndio.

No quarto uma jovem estava de pé e, se procurava manter a sensatez, já se achava entregue ao próprio rumor sem linguagem. Também no aposento os objetos, de forma constante, tornaram-se insuportáveis além de alguns segundos – a moça estava sempre de costas para alguma coisa; o quarto já se precipitara, pesado de ornamentos. Só ela ainda estava consciente demais para começar o disfarce, o vento entre os sobrados apressava-a.

Enquanto se descalçava forçava mesmo a confusão do quarto e da rua, de onde tiraria a própria forma. Nada porém a empurrara ainda para a realidade do que estava sucedendo. No compartimento sombrio a claridade era o buraco da fechadura.

Afinal a escolha de um chapéu a concentrou permitindo-lhe pôr-se a par do aposento. Abriu a gaveta e da escuridão para o ar trouxe o chapéu mais trabalhado. Procurou com atenção um novo modo de usá-lo. Seu impulso era duro e jamais se quebraria em lágrimas: com o chapéu enterrado até a testa olhou-se ao espelho. Fazia-se inexpressiva e de olhos vazios como se este fosse o modo de se ver mais real. Não chegava no entanto a atingir-se, encantada pela profunda irrealidade de sua imagem. Passou os dedos na língua, umedeceu as sobrancelhas... então olhou-se com severidade.

As rosas encarnadas da parede eram inalcançáveis no espelho, montes de rosas que de tão imóveis avançavam.

Até que tocada pela própria atenção, Lucrécia passou a ver-se com dificuldade.

Lucrécia Neves não seria bela jamais. Tinha porém um excedente de beleza que não existe nas pessoas bonitas. Era basta a cabeleira onde pousava o chapéu fantástico; e tantos sinais negros espalhados na luz da pele davam-lhe um tom externo a ser tocado pelos dedos. Somente as sobrancelhas retas enobreciam o rosto, onde alguma coisa vulgar existia como sinal apenas sensível do futuro de sua alma estreita e profunda. Toda a sua natureza parecia não se ter revelado: era hábito seu inclinar-se falando às pessoas, de olhos entrefechados – parecia então, como o próprio subúrbio, animada por um acontecimento que não se desencadeava. A cara era inexpressiva a menos que um pensamento a fizesse hesitar.

Embora não fosse desta possibilidade de espírito e doçura que ela aproveitava. Era o que havia de rígido num rosto que a moça, se preparando, acentuaria. E uma vez pronta – disfarçando-se com uma futilidade que não procurava salientar o corpo mas os enfeites – sua figura se ocultaria sob emblemas e símbolos, e na sua graça intensa a moça pareceria um retrato ideal de si mesma. O que não a alegrava – era um trabalho.

Inclinou-se de súbito para o espelho e procurou achar o modo de se ver mais bela, abriu a boca, olhou os dentes, fechou-a... Em breve, do olhar fixo, nascia afinal a maneira de não penetrar demais e de olhar em esforço delicado apenas a superfície – e de rapidamente não olhar mais. A moça olhou: as orelhas eram brancas entre os cabelos emaranhados de onde nascia um rosto que os sinais salpicados faziam estremecer – e sem se demorar, porque alcançaria demais ultrapassando: este era o modo de se ver mais bela!

Suspirou impaciente, corajosa. Fechou e abriu os olhos, abriu desmesuradamente a boca para espiar os dentes: e por um instante raro viu-se de língua vermelha, numa aparição de beleza e horror calmo... Respirou mais satisfeita, sem saber por que rejubilando-se: no quarto fechado, cheio de cadeiras delicadas, tudo se tornava tão burlesco com uma língua vermelha! a mocinha riu com gravidade como se tivesse um anão a quem atormentar. Continuou então o disfarce. Contente, silenciosa e bruta enquanto subia dentro dos sapatos de verniz. Agora de fato estava mais alta e mais ousada, o clarim dava o sinal da rapina.

Mas na verdade sua futilidade era um despojamento severo e quando ela estivesse pronta pareceria um objeto, um objeto de S. Geraldo. Era nisso que ela trabalhava ferozmente com calma.

Enquanto se vestia o rumor íntimo com que se vestia foi aos poucos se transformando numa estupidez terrivelmente maliciosa: olhava as rosas no papel da parede fazendo-se de boba por dentro, de algum modo imitando a existência do guarda-roupa onde remexia para procurar a pulseira. Tocava numa coisa ou noutra como se a realidade fosse o inatingível.

E era – com um pequeno golpe na poeira do sapato – Lucrécia Neves viu que era, embora risse tola, o cavalo relinchando na rua embaixo – com um pequeno golpe na poeira do sapato ela via as várias formas do quarto, as rosas, a cadeira! mas passava por cima de certa teimosia que o fato de ter imitado o guarda--roupa lhe trouxera – e continuou a procurar a pulseira.

Que é que você está procurando, minha flor? perguntava-se sem se interromper. Viu ainda a cama com dura vivacidade – que se transformou imediatamente em procura mais veemente da pulseira. Cansada. Pois só ela trabalhara: como deixar de ver que as coisas no quarto não se haviam transformado por um instante sequer? lá estavam elas. Apenas um momento de fraqueza, e de novo se destruía o que ela erguera através de tantos olhares... E Lucrécia Neves viu com surpresa um quarto inconquistável, silencioso – com grande surpresa de não achar a pulseira.

De novo trabalhando furiosa, jogando sapatos de um lado e lenços de outro, à procura. Enquanto ia abrindo e fechando gavetas, das gavetas abertas e fechadas e entrefechadas e abertas, já renasciam planos e retângulos, arestas se reerguiam, superfícies mais expostas envelhecendo, alturas se aprumavam: em recuos assombrados seus olhares haviam recriado a realidade do quarto. Um pouco desconfiada, inocente no meio dos destroços... E a pulseira? ela se coçava, agora sem majestade, olhando empoeirada, encantada, quase míope – ela que tinha olhos tão nítidos. Procurava a pulseira espiando de cócoras embaixo da cama, lastimando-se ferida numa delicadeza de animal: "onde está, meu Deus", dizia coçando-se.

Retirando afinal da gaveta como pérolas verdadeiras as joias falsas, alçando-as à altura do rosto, dando glória e esperança ao quarto. Onde parou quase pronta. Olhando estúpida em volta, com a dificuldade de pensamento que a falta de sensualidade lhe trazia. Faltava o perfume! Assim pois embalsamou-se de perfume, sacudindo-se toda. Mas era dia, o sol cheio de vento que soprava além da varanda anularia tantos enfeites? Porque ela se vestira tentando recriar a força de antigas noites de festa, imaginando encontrar na suja rua do Mercado a elite de um baile, prestígios e maneiras extraordinárias — onde moças riam difíceis de se comportar; e onde ela diria alto, ameaçando com o dedo: você é mau, Joaquim!

Sim! sim! um baile seria a cidade de pedra enfim cedendo: ou uma retreta, um circo! o carrossel! ou abordar toda dura a casa de família transformada em baile.

Um baile em S. Geraldo: a noite estiolada pela chuva e ela pisando com os cascos na pedra escorregadia, e os grupos de guarda-chuva chegando. Grupos de cavalheiros anônimos, os cavalheiros de pau ao redor dos quais se dançava. Fechava o guarda-chuva ensopado. E quando rebentava a charanga todos se apuravam. Os primeiros passos eram dados longe do corpo, experimentando cegamente o terreno. Mas em breve a música dramática os envolvia. O trombone reboava isolado acima da melodia. Pelas vidraças, no salão tépido, a moça via rapidamente na valsinha inglesa os fios de chuva se dourarem despertos sob as lâmpadas do terraço, erguendo fumaça sonolenta: chovia no terraço deserto, e ela dançava. De faces pintadas e olhos resistentes, exprimindo; que estaria ela festejando? ela dançava em nova composição de trote. E fora chovia em silêncio. Lucrécia Neves voltava do baile com os pés empoeirados; a náusea da valsa e dos homens íntimos rodopiava ainda nos órgãos porque acontecera alguma coisa tão parecida com S. Geraldo: ela dançara, chovia, as gotas escorrendo sob a luz, ela dançando, e a cidade erguida em torno.

A lembrança do baile a enlevava no quarto onde agora, ataviada como uma gravura de santo, estava pronta para sair. Com o rosto imobilizado pelo disfarce a moça se examinou ao espelho.

Estava dourada e grosseira na sombra.

Fora assim que se criara. Embora ainda faltasse criar volúpia naquele rosto a que o egoísmo dava um caráter leal: tingiu então os lábios molhando na saliva o papel carmesim.

Com a boca suja o rosto se infantilizou, menor e culpado. No espelho sua elegância tinha a qualidade falível das coisas belas demais sem raiz... numa emoção rápida ela bateu a porta do quarto, gritou com a voz de súbito trágica e rompida: mamãe vou sair! desceu as escadas de novo devagar, cuidando em não escorregar na sombra com as ferraduras.

Assim ia para a rua, espiar de um lado e de outro. Bem gostaria de enfim desistir e descansar. Às vezes mesmo se imaginava, sorrindo de arrebatamento, a tomar um navio e fazer-se para sempre ao mar. Mas sua viagem era por terra.

O vento a recebeu na rua, a moça parou protegendo os olhos feridos pela luz. E de súbito a claridade a revelou.

Haviam cessado as possibilidades: estava vestida de azul, cheia de fitas e pulseiras. O chapéu vermelho se enterrava até as sobrancelhas por força do gosto intransponível da moda. A bolsa encarnada tinha miçangas... Mas ela encontrava uma rua tão rasa! Sem os erros nem as emendas com que se construíra no quarto... Mesmo o pardal no ramo piava sem erro possível porque era a primeira vez... e era esta uma rua de tarde?

De novo ela imitara mal S. Geraldo. Que a essa hora estava quase casto... A tarde aberta descobria ao máximo as miçangas e os colares. Ela trouxera armas inúteis. Em breve porém saía do pé da escada com um suspiro seco, aprumava-se sem se mexer para não desmoronar, avançando com certa insolência. A mesma que a fazia comprar chapéus que raramente imitavam a natureza: sem pássaros, sem flores, seus chapéus pareciam feitos de chapéus, com variações das próprias abas – e que ela usava como seguraria um objeto.

Aos poucos, Lucrécia Neves refizera-se do choque com a luz e parecia de novo mais alta e perseguidora. Passeava com delicadeza de expressão, sem alegria. Seu equilíbrio sobre os saltos das botinas era tão difícil que ela andava entre o equilíbrio e o desequilíbrio, mantida no ar pelo chapeuzinho aberto. Não era sem um esforço constante que mantinha a elegância naquele momento porque se vestira na escuridão potente de um quarto, talvez para ser vista de noite. E o dia em S. Geraldo não era o futuro, era ruas duras, realizadas. A moça se sentia inferior àquela nitidez sem apelo. Que atualidade! que atualidade, via ela lançada no que estava acontecendo. Olhava em torno com avidez, que atualidade! fazia o possível para não transpô-la, ajeitava as pulseiras que se chocavam nos pulsos.

O relógio bateu quatro horas. Por um momento pareceu esperar a resposta. Perseu Maria viu que estava atrasado e pôs-se a andar mais depressa. Seu sentimento era de calma e de alegria porque seu corpo era grande na marcha – degraus foram subidos, paralelepípedos pisados. Ele era grande na marcha. E não sabia o que pensava porque era forte. Num dado momento disse, na intimidade exterior com que via a si mesmo andando, disse numa hesitação penosa que vinha de certa consciência de sua solidão: "o chão." Assim pensou ele como uma criança diz: "o chão." Mas quando ergueu os olhos de seu sonho profundo percebeu que não estava atrasado. Lucrécia justamente se aproximava do ponto de encontro. O rapaz parou na esquina impedido pelo caminhão. A moça parou na outra esquina esperando. Olharam-se. Ele a olhou. Que rosto! Ele estava pensando. Afinal pensou mais claro: "o rosto." Quando a via de longe a via melhor. Com pulseiras e miçangas ela parecia uma vítima. Perseu acrescentou o pensamento com dificuldade deslumbrada: "que rosto ela tem", viu ele com maior clareza ainda.

– Saudações..., disse a moça.
– Saudações, respondeu ele envergonhado com a brincadeira.

E eis que, apenas pela presença de Lucrécia, ele se escureceu todo na sombra, moroso, perdendo o mínimo de particularidade. Também a moça respirava modesta, calma. No limiar de S. Geraldo eles se despojavam toscamente como podiam. Ficaram tão simples que se tornaram inatingíveis. E começaram a passear pela cidade.

Baratas velhas emergiam dos esgotos. Dos subsolos os celeiros sufocavam as ruas com o cheiro de cascas podres. Mas as serras nas oficinas zumbiam em abelha e ouro por todo o subúrbio, a essa hora de extrema claridade quase vazio.

De uma balaustrada superior o rapaz e a moça de guarda-sol aberto na outra balaustrada – o subúrbio subindo e descendo em escadas de penitenciária.

A rua do Mercado ainda cheirava ao peixe vendido pela manhã, nos fios d'água correndo para o esgoto boiavam escamas e algum cravo mole. Com a experiência da infância os dois se desviavam facilmente dos balaios, passavam com atenção pelo cheiro da Carvoaria Coroa de Ferro, e passeavam por ruas mais estreitas. Os salames pendurados à porta da loja cheiravam a fundo de casa. Eles cheiraram. Afinal chegando à Cancela.

Verificaram debruçados que nenhum trem se aproximava. O vento sobre as linhas férreas soprou-lhes no rosto. Atravessaram. Além da ferrovia o bairro se tornava mais espalhado; já se viam mesmo poucas casas. E em breve eles passeavam sob fios de telégrafo. O ar estava puro e raso como de salinas – a moça olhava o céu com cuidado para o chapéu não se mover, o céu – "que aspecto", pensava indecifrável. Fitava a serena tarde nas pedras, nos ferros enferrujados do chão – o lixo seco voava... Tudo era real mas como visto através de um espelho. Por um momento a moça procurava um modo de ser e não sabia; excessivamente tranquila, intocável.

Mas quando chegaram na elevação do morro do pasto Perseu mostrou a cidade com o dedo.

O equilíbrio do dedo sobre o vazio, o vento, o vento... – seu chapéu de luto voou, ele correu atrás enquanto de repente o subúrbio enfim se manifestava porque um chapéu voara ao vento! o rapaz atravessou o arame farpado correndo com os braços abertos, a boca delicada mordendo o ar. Lucrécia acompanhou-o com os olhos até ele desaparecer de vista... Pôs-se então a esperar sem compreensão, sem incompreensão.

Em breve ela desvairava um pouco, sonhava em andar sozinha com um cão e ser vista sobre o morro: como o postal de uma cidade. Lucrécia Neves precisava de inúmeras coisas: de uma saia quadriculada e de um pequeno chapéu da mesma fazenda; há tanto tempo precisa se sentir como os outros a veriam de saia e chapéu quadriculados, a cintura bem nos quadris e uma flor na cintura: assim vestida ela olharia o subúrbio e este se transformaria. Com um cachorro. Era deste modo que se compunha uma visão. A moça não tinha imaginação mas uma atenta realidade das coisas que a tornava quase sonâmbula; ela precisava de coisas para que estas existissem.

Perseu trouxe de volta o chapéu e limpando-o na manga fitou-a rindo de inquietação, sem poder impedir a vitória de tê-lo apanhado; rindo e olhando com desassossego a calma natureza do mundo. Pensou então com sabedoria que poderia lhe dizer: "parece que vai chover, hem, Lucrécia!", apenas para de novo estarem de mútuo acordo e para fazer virar-se o rosto da moça que olhava insistente a torre embaixo. Mas era mentira: o céu claro os envolvia e os perdia. Quando colocou o chapéu na cabeça o rapaz esquecera o que estivera apontando.

Ainda ensaiou com um dedo mas recolheu-o em breve. Perto jazia o monte de lixo à espera da queimada... E a conversa se fechava. Lucrécia Neves não sorria, olhando.

Somente o ar continuava aberto, fios negros ligando os postes de baixo para cima – "que aspecto", via Lucrécia olhando de baixo para cima. Os passarinhos voavam imitando-se sem se cansar. Fios de rádio cruzavam limpos e finos o ar respirável com frio no descampado... eles olhavam de baixo para cima. Imóveis. Se fosse possível alguém compreender e não tirar nenhuma conclusão – assim o rapaz olhava profundo. E a forma da moça não entender tinha a mesma clareza das coisas compreensíveis, a mesma perfeição de que ambos faziam parte: fios pretos se balançavam no incolor – eles olhavam de baixo para cima, imóveis, incompreensíveis, constantes. Que aspecto! pensou finalmente Lucrécia Neves.

Então Perseu avançou a cabeça para o ar e fitou a ferrovia embaixo. Tudo se sensibilizou sob o olhar estúpido e delicado do rapaz, tudo hesitava ao vento, e existia em si mesmo, sem cheiro, sem gosto, com a forma insubstituível do próprio trilho, da própria madeira empilhada – e do verde, verde campo. "Olha só! o bebedouro seco dos cavalos." Tão lentos e difíceis os dois estavam que viam com teimosia a coisa de que eram feitas as coisas, e que envolvia a cara da moça com a mesma estridência do besouro sobre aquela haste. "Olha só o besouro!" Eles olharam o besouro. Lucrécia e Perseu espiavam de nariz franzido. Perseu passava de si para a moça e dela para si mesmo sem sentir, as pálpebras piscando de sol e de um pensamento obstinado de amor, que ele não sabia lhe dar. "E não havia mesmo motivo de lhe dar amor" – ele apanhou uma pedra e limpou-a da poeira mostrando uma intimidade com coisas sujas que Lucrécia Neves olhou atenta sem entender – "realmente não havia motivo". Apenas razões contra; e uma delas é que "ela escolhia muito", acusou o rapaz e talvez somente sua mãe, morta há um ano, tivesse compreendido que esta podia ser a acusação de um homem. A falta de cansaço de Lucrécia Neves também o alertava. Ela era como essas pessoas estrangeiras que diziam: "no meu país é assim." A testa estreita de Perseu buscava algo sobre o que ter piedade amorosa porém mesmo os defeitos físicos da namorada eram calmos, ela os aceitando apenas por dizer: no meu país é assim! ela parecia protegida por uma raça de pessoas iguais. Mesmo seus prazeres eram feitos da ideia de que uma noite passada em barraca seria tão bom, de que acordar de madrugada não era esforço, de que a vida de soldado não era dura – ela sempre o humilhara com seu amor por militares, mostrando grande admiração pela coragem física e pelas armas, do que ele tinha vergonha – que falta de tato! pensava, e sentia que era por aí que ela poderia ser acusada.

O que não impedia que nesse momento os dois estivessem igualados pelo mesmo instante de juventude no morro do pasto – caminhando e conversando de volta, as mãos se movendo em gestos explicativos. Não importava o que tão animados se diziam: eles mesmos eram para serem vistos, como a cidade. E se alguém os visse de longe enxergaria um saltimbanco e um rei. Caminhar depressa os alegrava – o rei sorria e era belo, o saltimbanco se esforçava em caretas de graça: havia um descontrole mecânico no caminhar de ambos – eram uma só pessoa com uma perna curta e outra comprida, a beleza do rapaz e o horror, a flor e o inseto, uma perna curta e outra comprida subindo, descendo, subindo. Por vezes o rapaz parecia andar para a frente e a moça ao redor dele dançava: era quando ele sorria divino e puro, e Lucrécia Neves falava – e assim os outros viam.

Ou então era ela quem parava mais alta ao vento.

Teriam brigado? Ele hesitante a olhá-la. Quando ela lhe aparecia assim destruível, o rapaz por piedade e desilusão se tornava bruto. Teve mesmo vontade de dizer-lhe: ah, não sou o que você pensa, minha adoradinha, você não fará de mim o que quiser! – embora soubesse, enquanto olhava as pedras, que ela nada faria dele nem ele dela – porque assim eram eles e mais adiante estava o riacho.

– Que é que você pensa que fiz ontem? disse Perseu Maria presunçoso.

Em vão ele procurava, vendo-a às vezes feia e fitando seus sinais escuros sobre a pele, proteger com o amor de um homem a debilidade de sua figura: a boca fina que não ria, em cada face aquelas rodelas de carmim que escandalizavam os vizinhos... "ela gostava muito de se mostrar".

Mesmo os sonhos da moça: ele mesmo nunca sonhara com estátuas, pensou com extrema relutância. Parecia achar que sonhar com estátuas era um excesso. Movendo a pedra entre os dedos, Perseu olhou Lucrécia com rapidez: não sabia como admirá-la. Forçou a testa curta. Pensando, seu rosto se tornava ainda mais proeminente e indeciso – ele que se tornava tão alegre quando, tomando o trem, ia à praia, os exercícios e o riso, e sob o sol o corpo imberbe... Que moças em roupa de banho olhavam entregues, sentindo-o forte e inocente – ele era um dos novos homens de S. Geraldo.

– Papai se queixa da casa, disse ele jogando com atenção a pedra para longe. É cheia de mosca... Esta noite senti mosquito, mariposa, barata voadora, já nem se sabe mais o que está pousando na gente.

– Sou eu, disse Lucrécia Neves com grande ironia.

Perseu olhou o chão, envergonhado, doloroso e calmo. Procurando agudamente interromper tanta falta de pudor por intermédio de seu próprio interesse pelas ervas do chão... Porque a moça lançara no ar o rosto claro onde os sinais se enegreciam cada vez mais, coisas que se escureciam na luz do inverno. Era horrível sua audácia, às vezes ela não tinha vergonha. Ele suportando com sofrimento suas brincadeiras, olhando-a rapidamente e desfitando os olhos. Mas torcendo os lábios em sarcasmo ainda maior, ela disse:

– Segure bem o chapéu senão voa de novo, imagine!

Ela achava ridículo homem usar chapéu..., ele bem sabia. Ah, ela não me compreende, pensou o rapaz, enterrou com as duas mãos o chapéu na cabeça, olhando-a radiante: o vago frio deixara a moça com pele arrepiada de galinha... mas ela estava alegre! Que impossibilidade de abraçá-la, refletiu ele preocupado, porque ela sempre faria um movimento qualquer que deixava ambos grandes demais, ele com vergonha de ser um homem e com uma vontade de rir...

– ... que é... nunca me viu!

Mas ele riu feliz para o ar...

E de repente o tempo correu com a brisa sobre o campo, eles caminharam e já estavam junto da Cancela.

Verificaram que nenhum trem se aproximava, o vento das vias férreas bateu-lhes no rosto – atravessaram depressa.

O tempo corria e pareceu a Lucrécia que a casa defronte era indubitavelmente alta, o chão liso, a pedra escura, pareceu-lhe que o esgoto brilhava – e a moça não sabia ver mais! Por um instante ela quebrou a prudência e olhou despudorada a pedra, a casa, este mundo. Mesmo sem guardar-se, via apenas a rua estreita, o chão de pedra, janelas... Quis ao menos empurrar para o mesmo instante o vestido e o chapéu, e compor S. Geraldo, mas adiou para Felipe, e ambos caminhavam animados, silenciosos e fatigados. Perseu tirara o chapéu por causa do sol e segurava-o de encontro ao peito. A certa distância pareciam músicos de rua que viessem de muito longe – e o que os outros podiam ver fazia Lucrécia Neves andar cheia de orgulho, mostrando-se; os lábios do rapaz partiam-se secos e ridentes. Como estavam felizes! a brisa soprava sobre o subúrbio.

Lucrécia Neves talvez quisesse exprimi-lo, imitando com o pensamento o vento que bate portas – mas faltava-lhe o nome das coisas. Faltava o nome das coisas, mas eis, eis aqui, ali, eis a coisa, a igreja, as pombas voando sobre a Biblioteca, os salames à porta da loja, o vidro ardente de uma janela sinalizando com insistência para o morro...

Os dois de pé espiando. E a dureza das coisas era o modo mais recortado de ver da moça. Da impossibilidade de ultrapassar essa resistência nascia, de fruto verde, o travo das coisas firmes sobre as quais soprava com heroísmo esse vento cívico que faz tremer bandeiras! a cidade era uma fortaleza inconquistável! E ela procurando ao menos imitar o que via: as coisas estavam como ali! e ali! Mas era preciso repeti-las. A moça tentava repetir com os olhos o que via, tal seria ainda o único modo de se apoderar. Sua voz não podia e se esgarçava, os cabelos espetados sob o duro chapéu – e entrando na rua do Mercado, o vento a levantar-lhe a saia, ela segurando o chapéu com as duas mãos – tudo o que jazia em lixo nos esgotos secos foi despertado pelo vento; apesar da firmeza, como o subúrbio era reversível apenas pelo vento! um passarinho escuro voou piando de susto – a moça procurou aproveitar a rápida entrega das ruas e entrar em intimidade com o que os cavalos relinchando pressentiam no subúrbio. Mas o único meio de contato era olhar e ela viu os soldados na esquina. Ah, os soldados.

– Olha só os soldados, Perseu, disse Lucrécia.

Seu modo de ver era tosco, rouco, recortado: os soldados! Mas não era só ela quem via. De fato um homem passou e a olhou: ela teve a impressão de que ele a vira estreita e alongada, com um chapéu pequeno demais: como num espelho. Bateu perturbada as pálpebras, embora não soubesse que forma escolheria ter; mas o que um homem vê é uma realidade. E sem sentir a moça tomou a forma que o homem percebera nela. Assim se construíam as coisas. Virou-se toda modesta para Perseu – como uma pessoa alongada – estendendo a mão, retirando-lhe um fiapo do paletó. Indagava o rosto de Perseu, olhando-o insistentemente como o homem que passara compreenderia que ela olhasse.

Perseu e Lucrécia fitaram-se...

Perseu encarou em seguida a loja, não em seguida demais – procurava arrastar o olhar para não desviá-lo osten-

sivamente dela. Ele era delicado. Pôs-se mesmo a assoviar um pouco. Mas o momento ficava cada vez mais insustentável, que sucedera? ela disse com humildade e sonho:
– Que dia cheio de vento, hem.
O rapaz parou imediatamente de assoviar e olhou o dia. Sem motivo fingiu uma tosse sufocante e quando enfim a dominou disse com certa importância.
– Sim, hem.
O cachorro corria pela calçada com as patas fracas, trotava, abanava o rabo em luz. Perseu espantou-o sem jeito – o rosto sem barba sorria de vergonha e encanto de ser tão covarde. Grande, delicado. Poderia usar uma cabeleira comprida, cheia de cachos; ele sabia versificar e era católico:
– Tão grande e com medo de cachorro, disse ela grosseira examinando-o com curiosidade e a sanfona da esquina começou a tocar a Serenata de Toselli esquentando a rua. O músico rodava a manivela e o mecanismo deglutia a música com dificuldade e cuidado – a música ia tomando várias formas rápidas de objeto... tudo o que tombasse naquela cidade se materializaria em coisa? então a moça parou e apanhou a bolsa no chão. Perseu procurou em vingança mostrar que bem sabia que ela andava com uma bolsa cheia de coisas inúteis, flores murchas de baile, papéis; procurou com sabedoria mostrar ao menos que via porque não se podia sequer entender.
Mas quando Lucrécia ergueu do chão a cabeça, a luz nascia de seus cabelos... alguma coisa virando e mostrando seu lado bom; seus olhos, por um instante decepcionados, deixavam escapar a mesma luz vazia dos cabelos, e paravam de olhar para se deixarem ver: Perseu procurou rapidamente ao menos ver. Também dos lábios maculados da moça nascia um sopro de claridade... o que ela possuía estava escapando

por entre dedos – tão bonita... parecia não tomar banho, as unhas e o pescoço de cor dúbia, em pé no ar – tão bonita, pensou ele desesperado, tão bonita... ela parecia cega.

– Gosto mesmo de você! disse o rapaz com obstinação, a testa abaixada para a marrada.

Ela se voltou com dureza e extrema alegria:

– Sabes que não gosto dessas coisas! disse coquete, ofendendo-se.

Perseu a olhou envergonhado rindo, e ela começou a rir também. E tanto riram que se engasgaram de verdade ou de mentira e começaram a tossir. Lucrécia Neves parara enxugando os olhos, toda vermelha, descomposta: ele bem que viu... Oh, amá-la era um esforço permanente – ele parou sério, banhado pelo sol mais pálido, espiando a distância com insatisfação. Os olhos do rapaz estavam abertos. As pupilas escuras e douradas. Havia uma solidão para sempre no modo como ele estava de pé. Então ela falou:

– Vamos embora, falou ela com doçura também porque já começava a enganá-lo.

Diante da escada do sobrado onde a moça morava, ele disse que esperaria que ela subisse.

– Não, respondeu toda íntima e intrigante, eu é que espero que você vá, compreende..., ela falava com muita delicadeza sacudindo-se toda no chapéu mas olhando-o nos olhos com preocupação: não queria ter o trabalho de subir as escadas para descer de novo. Mas ele riu extraordinariamente lisonjeado:

– Então, adeus!

– Saudações, disse ela sufocando de rir.

O rapaz corou:

– Saudações, disse ele sem fitá-la. Afastou-se devagar procurando ser elegante aos olhos de Lucrécia mas percebia-se que perdera o modo natural de andar. A moça assistiu-o acenar aliviado ao entrar pela primeira rua. Ela mesma respondeu movendo os dedos acima do chapéu. Então deixou de sorrir, ficou seca, inexpressiva por um momento. Esperou um pouco. Inclinou-se até ver o relógio da coluna. Aguardava pensativa, era difícil preparar-se mais uma vez. Afinal, olhando de um lado e de outro, saiu.

O movimento das ruas havia se acalmado e a luz da tarde estava aguçada e descolorida. Na esquina a carroça parecia fantástica... os cabos e as rodas num hálito de luz. O rosto da moça avançava leve, com atenção. Já entrevia mesmo a praça de pedra cheia de cavalos amarrados. Junto da coluna do relógio ficou de pé a esperar. Com o pensamento cego e tranquilo pela espécie de luz.

As pessoas de longe já eram negras. E entre as lajes os fios de terra estavam escuros. Lucrécia Neves aguardava aérea, sossegada. Ajeitando sem olhar os laços do vestido. A praça. Que aspecto. Que umbral. Ela não o transpunha. O ar mais fresco deixava-lhe as mãos brancas e a moça parecia regozijar-se com isso: mirava-as de quando em quando, exata. Acima das lojas a mesma expressão insignificante e inconfundível de Perseu oscilava – a moça a reconheceu: era S. Geraldo ao entardecer. Ela esperava.

Também o subúrbio, àquela hora, chegara ao seu derradeiro estágio. Seria agora impossível substituir uma porta, um poste. Ou a estátua equestre. Ou um dos homens impessoais que passavam sem tocar o solo. A respiração arquejada dos cavalos fazia a vida preciosa ao redor... Estar de pé talvez desequilibrasse a moça que trocava de quando em quando a posição dos pés: também ela com uma sensibilidade superficial que mais um instante para dentro se tornava inabordável; em momentos tocava nos cabelos e estremecia arrepiada de si própria, os cavalos imóveis batiam um instante os cascos na pedra sem cor. O rosto da moça não dizia nada. A boca dura, delicada. Era o fim do dia. Afinal Felipe apareceu fardado, o rosto vermelho. Quanto mais ele se aproximava na luz, mais ia se tornando impossível olhá-lo. Até que chegando perto e ela deixando de vê-lo, ele se tornou um guerreiro. Ela apertou sua mão com a timidez que a distância entre os encontros criava. Mas o tenente destruiu depressa a submissa infamiliaridade da moça segurando-a pelo braço, invisível de tal modo ela não olhava, quase mudo, de tal modo ela já ouvia pouco:

– Minha beleza de azul, vamos ver logo a água que eu tenho de dormir cedo, amanhã é dia de treino. E ainda por cima o demônio do cavalo está dando pra trás.

Assim disse um homem. E Lucrécia sorriu com desagrado e delicada lividez, já possuída pela luz do subúrbio. Deixou-se monotonamente guiar de novo através da Cancela para o riacho que ele chamava de água – atrás da ferrovia. Onde ficariam sentados na pedra. Felipe falava e perguntava invisível, a moça adivinhava que ele torcia o pescoço de quando em quando, num gesto que lhe dava grande beleza e liberdade extra-humana: novo hábito seu depois que fora afinal admitido na cavalaria; e também ela procurava imitá-lo com atenção, imitando um cavalo. Depois que mudara de armas, tudo o que o perturbava era afastado facilmente, tenente Felipe agora parecia sempre montado. Era assim que ele desviava a moça das pessoas, ambos cavalgando o mesmo corcel através da multidão cada vez mais invisível. Aquele ser familiar e distante, o forasteiro destro no tiro, pois então um guerreiro! a moça aproveitava com sono brando a companhia de um tenente. Se o militar tivesse desejado, Lucrécia Neves se prenderia a ele, senão pelo amor, ao menos por uma admiração sem limites em que era capaz de cair, aprofundando-se o que nela havia de doçura e de escuta – pois esta era a sua natureza. Mas o tenente não queria, ele era livre. E assim como a moça nunca o olhara verdadeiramente, temendo turvar superfície tão nítida, também ele quase não a olhara porque não a conhecia; mais tarde, tanto um como outro, esqueceria os inúteis traços do companheiro.

– Malditos! disse Felipe de boca torcida chutando a pedra onde topara.

E ela de súbito feliz, assustada. O nariz de Felipe empalidecera de cólera. Tudo o que a moça amava no tenente era a ira espumante em que ele podia cair. Malditos! disse ainda. E virando-se em galanteria: "vamos ver a água, minha beleza." Mas ela ainda se rejubilava olhando em direção ao morro do pasto onde só à noite as bestas ergueriam crinas em relincho: malditos! Adiantaram-se na vasta luz descorada e lá estava a água.

Coisas mortas encostavam-se aos escolhos. Ficaram de pé espiando. Felipe fumava. Mas cada coisa à mão era distante à moça, esta possuía apenas os olhos. Ela própria fora de alcance.

E assim estava a cidade àquela hora.

A terra em torno da água era humosa, fecunda, exalante – Lucrécia Neves a respirava com impotência e delicadeza. De tanto fitar o córrego sua cara prendera-se a uma das pedras, flutuando e deformando-se na corrente, o único ponto que doía, mal doía tanto boiava e sonhava na água. Aos poucos ela não saberia se olhava a imagem ou se a imagem a fitava porque assim sempre tinham sido as coisas e não se saberia se uma cidade tinha sido feita para as pessoas ou as pessoas para a cidade – ela olhava.

A um movimento de Felipe ela se lembrou num sobressalto de sua presença à esquerda... rapidamente ergueu o ombro esquerdo até com ele tocar o ouvido, guardando-se do tenente com doçura ferida. Pensou, quase despertando e erguendo as orelhas em escuta, pensou que o estrangeiro diria: que imundície! quase o ouviu blasfemar e reencostou o ombro no ouvido, acuada, corcunda. Estava cheia de livre rancor, o riacho era metálico, e um pássaro sobrevoou as águas sujas! o ombro alisava em asa o ouvido, deslocava o chapéu, o vento soprava sobre a cidade de aço. Mas Felipe amarrava o cordão dos sapatos assoviando na claridade, e nada dizia. O que ele não dizia perdeu-se afinal no crepúsculo imenso e azulado. A moça então se pôs a escutar o assovio melodioso do militar.

Até que mais um tom decaiu na tarde. Tudo agora estava de perfil, os beirais dos telhados se recortando no vazio... Ela desencolheu o ombro, interrompendo imediatamente o banho de gato que o assovio tornara tão íntimo. Estava agora toda aprumada: mas nenhum rumor se ouviu: uma luz fraca acendeu-se no ar.

E aos poucos, como se tivessem adormecido, ficou muito tarde, e transformado.

As coisas cresciam com profunda tranquilidade. S. Geraldo se mostrava. Ela de pé diante do mundo claro. Felipe falava com rumor perdido... Mesmo os ruídos do subúrbio vinham desmanchados em pálida salva de palmas. A moça olhava de pé, constante, com sua paciente existência de falcão. Tudo estava incomparável. A cidade era uma manifestação. E no limiar claro da noite eis que o mundo era a orbe. No limiar da noite, um instante de mudez era o silêncio, aparecer era uma aparição, a cidade uma fortaleza, vítimas eram hóstias. E o mundo era a orbe.

Nesse novo universo, a uma distância de abismo, estava o parafuso no chão. Lucrécia Neves olhava da própria altura o horror do objeto. Coisas terríveis e delicadas jaziam no chão. O parafuso perfeito. A moça respirava o odor de chumbo da claridade. E virando-se – lá estava S. Geraldo: anunciado, inexplicável, pousado com a dureza de um pé. Cada objeto hiperfísico. Os sinais. A moça moveu suavemente as patas. Mais um tom decaiu. Agora, na cor escurecida do ar, cada torre, cada chaminé se aprumou de súbito... Seria o momento de desembarcar e tocar afinal em todas as coisas. A cidade permitiria que se apalpasse arrepiada sua pedra? antes de fechar-se sobre a ousada presa, elevando seus muros com mais uma laje...

– ... que horas são... indagou ela com gentileza.

Felipe coçou o pescoço, levantando o queixo iluminado.

– As mesmas de ontem a essa mesma hora...

Lucrécia Neves riu, os lábios secos partiram-se com ardor em vários talhos sem sangue. A moça umedeceu os lábios com a longa língua de ave, olhando para os lados, instintiva, desconfiada. De pé, junto às águas escurecidas, o tenente e a moça estavam cada vez mais fracos sob a claridade extrema da cidade. O subúrbio erguia-se até onde podia. A luz não parecia decair mas alçar-se, com irrespirável esforço, à luz. A esse esforço S. Geraldo tornara-se extraordinariamente exterior, as pedras leves. As coisas se mantinham à própria superfície na veemência de um ovo. Imunizadas. De longe os sobrados eram ocos e altos.

A torre cilíndrica da usina.

Fosse este um mundo de heróis que perfil assustador teria.

– Não, de verdade, Felipezinho, que horas são, ronronava a moça inquieta e atraente.

Mas quando S. Geraldo se manifestava, manifestava-se igual a si mesmo, sem se revelar.

– Já não lhe disse? insistiu o tenente examinando-a na penumbra esverdeada com um interesse maior.

Ela riu muito, sacudindo a cabeça vazia com graça e espanto, batendo de leve no uniforme... o crepúsculo se alargou então, um florete fincara-se trêmulo no ar! a cor do vestido da mocinha empalideceu de súbito com desfalecimento, os laços estremeceram, as pulseiras se aprofundaram em insígnias roxas... S. Geraldo mal se mantinha.

– Vamos, disse Felipe, e a voz do homem soava como afastar ramos, e como passos.

Recomeçaram a caminhar em direção ao centro. As superfícies adelgaçavam-se cada vez mais embora dentro de cada coisa ainda estivesse escuro e brilhante.

Mais um momento porém – e uma flor amoleceu de súbito no talo, raízes adoçaram-se na terra podre, os arcabouços dos sobrados ruíam – a cidade inteira fremia depois de desmoronar.

Passara o perigo. Era noite.

Restava apenas a reverberação instantânea da pedra, um rebrilhar no homem que passava. Uma luz se acendendo no ar já noturno que cheirava a pão... E agora uma exterioridade agradável de velha raiz. Mas tudo de novo intocável. O mundo era indireto.

Lucrécia estava fatigada e inocente, tenente Felipe olhava as nuvens com precisão sem vê-las. E afinal entraram na rua que os levaria ao centro. O subúrbio se escurecera e se iluminara como um navio. Agora mesmo é que estava invisível... só se viam os raros lampiões e as pequenas zonas aclaradas. O resto eram bastiões em trevas. Lucrécia andava com segurança sonhadora em companhia de um militar.

Este sorria um pouco, o cavaleiro, observando-a de través. Para afinal dizer, tão simpático e feliz – parecia vir de um prado onde correra livre:
— Por que você é tão egoísta e não me dá um beijo!

Esquecendo de não olhá-lo, a moça o viu de perto – agora de novo invisível de tão próximo. Ela respirou o ar da quase noite. O cheiro da farinha quente pelas ruas e sua mãe esperando para jantar num primeiro andar. Que escuridão fazia.

Quase alegre, afinal rasgando as finas veias da noite, a moça ergueu-se sobre as patas, respirou profundamente lançando o seu grito de guerra – e quando ele estava perto, tocável nos botões – apunhalável – enrolou a voz, perdendo aos poucos o uso da fala:
— Nunca! disse rindo antipática em glória, no seu inútil brado de conquista de S. Geraldo, nunca! eu mordo você, isso é que é, Felipe... Felipe! chamou na escuridão, eu piso você, isso é que é beijo! disse já séria, toda concentrada nos pés que sapateavam.

Felipe abriu a boca em espanto. E assim ficaram se olhando, assombrados, curiosos, arrepiando-se cada vez mais. Afinal ele riu falsamente, procurando libertar o pescoço:
— Sem nenhuma educação é o que você é! – uma criança correndo desencadeada atravessou-os pelo meio. – E a culpa é minha de andar com gente dessa laia, essas devem ser as maneiras deste seu subúrbio imundo! disse ele já com prazer, insultando-a bem na sua cidade.

Ambos recuaram abrindo uma pequena clareira, eriçados, mexendo-se cautelosos. Na penumbra o tenente quase ria de cólera. A moça não riria jamais, pálida. Ao mesmo tempo poderia de repente dar uma cambalhota no ar.

Foi o que o rapaz pareceu pressentir recuou ainda mais. E afinal depois de um pequeno esforço ele virou as costas.

Lucrécia estremeceu enorme alçando-se nas pontas dos pés: nunca este forasteiro iria embora com a vitória. Essa inspiração nova e dolorosa, como água entrando-lhe pelo nariz, e ela espadanando o grande corpo de animal para se manter à tona:

– Olhe!

Ainda não sabia o que ia dizer mas era urgente, tratava-se de lutar pelo reino. Viu o rapaz voltar-se em esperança – daquela distância a farda brilhava bela, perdida, o seu objeto mais lindo. E Lucrécia Neves a olhou decepcionada.

A rua piscava de escuridão e luz. Figuras hesitantes de moças começavam a se mover ao longo das paredes, procurando. As mulheres da cidade. O cheiro das pedras invisíveis dos sobrados e a náusea dos bicos de gás se misturavam ao vento novo – a moça se reviu anos atrás correndo para buscar o pão do jantar, voando entre as últimas pessoas da noite, aterrorizada pelo vulto escuro do morro, ela mesma assustadora na corrida...

– Olhe! disse. Por que não beija a sua avó, ela não é de S. Geraldo! lançou-lhe afinal trágica, alto para que todos ouvissem.

Era horrível, e ela fremia toda na escuridão. Enquanto o tenente envergonhado torcia o pescoço e ajeitava o uniforme insultado em público – alguém se interrompera na sombra da calçada sorrindo com grande interesse. Fora o encontro no ar de dois cavalos, ambos escorriam em sangue. E não teriam parado até um ser o rei. Ela o desejara porque ele era um forasteiro, ela o odiava porque ele era um forasteiro. A luta pelo reino. Lucrécia Neves empurrou com o cotovelo a mulher que espiava fazendo-a dar um gritinho de pavor. Endireitou violentamente o chapéu, sacudiu no ar a pulseira. E de cabeça erguida, contendo uma vertigem que a faria voar acima das chaminés – foi saindo vagarosa, cheia de laços trêmulos.

Estava excitada, de quando em quando dava uma rabada com uma das pernas na cauda ausente. Mas ao atravessar a rua, sem poder esperar começou a contar-se o que sucedera, em todos os detalhes; tinha olhos duros e lábios escorrendo de saliva enquanto narrava: "então eu disse a Felipezinho: só um criminoso ousaria!" Oh, Perseu, murmurou ela de súbito voltando o pensamento para aquele que nunca a afrontaria.

Mas Perseu vestia-se como um lavrador. E a moça já estava precisando, nas suas ruas de ferro, da força armada.

Chegou à rua do Mercado já noite feita. Continuava a examinar-se inquieta como se pudesse estar rasgada. E perder o tenente... E ele ainda seria Capitão!... Oh, oh, Felipe! chamou.

Engano a todos, não quero nada, pensou com despeito agarrando-se às luzes que o acendedor de lampiões aclarava. Mas de um modo geral gostava tanto de homens. Oh, Felipe, disse com pena.

O que a espantava, passando pelo açougue fechado, é que ninguém falava em casar-se com ela. Só Mateus que a respeitava com um desejo paterno e cerimonioso, visitando a mãe para conseguir a filha. O que já começava a atraí-la, isso tinha um ar familiar e repugnante, cheirava enfim ao que se chamava de verdadeira vida. Mateus que a espreitava fumando charuto. Com ele, ela teria um futuro luxuoso e violento... A moça bem que ansiava por casar.

Ah, uma notícia, uma notícia, pediu de súbito com aflição, oh, encontrar afinal em casa um portador de longe, as roupas empoeiradas, malas no corredor, e que tirasse uma carta da sacola de couro. E enquanto sua mãe servisse um cálice de licor ao estrangeiro, ela abriria a carta tremendo, a carta que a levaria para longe!

Porque S. Geraldo a asfixiava com sua lama e seus cravos boiando nos esgotos.

Ana acendera as débeis luzes e esperava na espreguiçadeira para o jantar. Era a única espectadora. A casa imersa no silêncio da eletricidade.

E lá estava o seu quarto.

Como um piano que se deixou aberto. Que susto ver as coisas. A composição das vigas no forro era estranha e nova, como de uma cadeira dependurada... Tirou os sapatos olhando para cima, guardou o chapéu alisando-o, contando com o dia imprevisível de amanhã. De repente aprumando-se.

Pegou um lenço, tapou o nariz. O lenço veio molhado de sangue. Inclinou a cabeça para trás como lhe haviam ensinado. Aproveitando para olhar as vigas do teto. O líquido escorria morno e o aposento cheirava a sangue. Assim ficou, sem impaciência, arquejando um pouco. A boca emudecida pelo pano, os olhos engrandecidos. Afinal afastou o lenço. Entre o nariz e a boca o sangue secara dando ao rosto um ar imundo e infantil. Mais uma vez ela voltara ferida.

Feia, desmanchada sob os cabelos arrepiados, fungando de vez em quando; passara o assombramento e ela voltara aos grandes sapos. Mas também permanecia inteira – lutava sem se gastar, ela era horrível, a patriota.

Tirou o vestido e, transpirando na combinação pregada ao corpo, respirou de olhos cerrados. Os cabelos escondiam metade da cara atingida. Lucrécia Neves limpava a testa com as costas da mão como se tivesse levado uma surra, consolando-se como podia. Estava suja e ensanguentada. Fungava humilhada alisando o ouvido com o ombro.

4. A ESTÁTUA PÚBLICA

ram três os degraus para a sala de jantar e a diferença de nível dispunha o aposento em profundeza. A má eletricidade do subúrbio, então distribuída apenas por algumas casas, construía à noite um compartimento cheio de estruturas e núcleos onde o tique-taque do pêndulo tombava preciso – círculos concêntricos se apagando nas sombras dos móveis. Abafadores de bule amarelecendo, o passarinho empalhado, a caixa de madeira com vista dos Alpes na tampa, eram a presença minuciosa de Ana.

A casa parecia ornamentada com os despojos de uma cidade maior.

– Você está cansada, perguntou Ana da cabeceira da mesa, franzindo os olhos como se a filha estivesse longe e a luz entre ambas fosse forte.

Lucrécia não gostava deste aposento tão impregnado da viuvez feliz de Ana. Para entendê-lo seria preciso continuidade de presença, parecia pensar a moça procurando olhar cada objeto: eles nada revelavam e guardavam-se apenas para o modo de olhar da mãe. Que os deslocava e os espanava – afastando-se em seguida um passo para trás, como se os estivesse esculpindo, para examiná-los de longe com delicadeza de míope – um olhar de lado. Os próprios objetos agora só podiam ser vistos de viés; um olhar de frente os veria vesgos. Depois de examiná-los Ana suspirava e fitava Lucrécia em sinal de que já estava desocupada; Lucrécia desviava os olhos para o teto, grosseira.

Cada vez mais Ana procurava se aproximar, ansiosa por lhe participar os insignificantes segredos que a sufocavam: de fato já se queixava de não dormir de noite. Lucrécia desviava os olhos.

Há muito tempo solitária, e amando aquela viuvez sem os sobressaltos que podem vir de um homem, a mulher começava porém a inquietar-se – e a tentar arrastar a filha para uma intimidade onde ambas construiriam compensações sorrateiras, suspiros e regozijos, aquele prazer de costureira com a sua costura, Ana que se rejubilava quando havia alguma roupa a emendar.

Inutilmente procurava o apoio da filha pedindo-lhe com o olhar paciente o sacrifício. Em que consistiria o sacrifício, ambas não precisavam saber: mas Ana pedia, Lucrécia negava – e nasciam pedidos e negativas secundários, sem importância neles próprios mas enormes na sala de jantar, carregados da mesma obstinação: por que Lucrécia não passava os serões com ela na sala de jantar?

Mas se a moça enfim cedia – a sala e Ana a rodeavam radiantes, as xícaras faiscando, a vista dos Alpes em extraordinária evidência, nada porém podendo ser olhado de frente – embora Ana tentasse ensiná-la a ver pelo lado da beleza, indicando aqui e ali:

— A cristaleira fica muito mais bonita com meu passarinho na primeira prateleira, vê-se muito mais, hem, menina, dizia. Mas era apenas um modo de ver, e nada mais.

E quando Lucrécia estava na sala de visitas, o que se chamava "descansar depois do jantar, mamãe" – a porta podia se abrir e Ana aparecer com um sorriso malicioso, carregando consigo a bagagem de novelos, agulhas e bastidores: pronta a visitá-la. A moça porém nada lhe mostrava. Ana se sentava cerimoniosa e sonhadora sem desenrolar o bordado – olhando com alguma curiosidade os bibelôs, a mesinha, esta sala de visitas que raramente recebendo visitas se tornara o segundo quarto da filha. Abandonada a si mesma, aos poucos Ana Rocha Neves falava de sua juventude, com detalhes que a sufocariam se não os transmitisse com exatidão: parava às vezes longo tempo até decidir da hora em que acontecera um fato. E pensando falar sobre si mesma, descrevia apenas o lugar onde vivera quando saíra da fazenda até encontrar marido:

— Aquilo sim, é que era cidade, menina, e não esse buraco: até cavalo tinha guizo, e igreja era igreja, casa era casa, rua era rua – não esse buraco com sobrados que a gente nem entende.

Apesar dos pormenores, que cidade perdida fora aquela, e que juventude confusa! a mãe fora alegre e medrosa na sua cidade, só isso afinal. E quando terminara a revolução, o silêncio a assustara, ela fora dormir na cama da irmã.

Era isso o que na história alertava Lucrécia Neves. Também a moça parecia conhecer esse medo que não era medo, apenas arrepiar o dorso diante de uma coisa. Uma vez ela fora ao museu estadual e tivera medo de estar de guarda-chuva molhado num museu. Assim sucedera. Tinha medo de ver, num mesmo olhar, um trem e um passarinho. E de um homem com anel de brilhantes no dedo médio: Mateus. Seria imobilizada se esse dedo a apontasse.

Também a um movimento seu na cama formava-se às vezes nas rosas da parede um ser aleijado e contente – então ela se arrepiava como o cachorro late para um guarda-roupa.

Inquieta com o silêncio, Ana mexeu-se na cabeceira da mesa, estendendo-lhe o prato de pão. Mas a moça a olhou. E então recomeçou o jogo. Lucrécia Neves retirou a fatia e colocou-a com decisão na mesa, sem tocá-la.

Esta estupidez fora um dia a cena inicial de longa conversa sobre falta de apetite que terminara em acusações de amor e tristeza, e ficara sendo o sinal secreto de partida. Ana recebeu imediatamente a breve mensagem. Respondeu-lhe com olhos desmesurados fixos no prato: o que já era fingido. Começara alguma coisa. As duas mulheres se tornaram sonsas e sagazes, correndo cheias de cuidado como ratos pela sala em penumbra – e assumindo o caráter desconhecido de dois personagens que elas jamais saberiam descrever mas que podiam imitar, apenas imitando-se.

Foi quando começou a cair uma chuva macia e cantante, o vento abriu a janela. Ana, impaciente com a interrupção, ergueu-se para fechá-la, e toda a sala ficou mais interior: as duas estremeceram de gosto, trocaram um olhar de amizade.

– Hoje fiquei tão cansada, até parecia que ia morrer, iniciou Lucrécia com um suspiro de decisão.

– Foi mesmo? disse a mãe esforçando-se para que Lucrécia percebesse seu interesse através do tom cerimonioso que adotava quando iniciavam uma "cena". Que coisa! acrescentou um pouco tola, fingindo compreensão especial.

Mas dessa vez certa tristeza tomou aquela mulher que, um pouco sonhadora, alisava o garfo. Quase sorria mesmo. De outras vezes, quando a filha a tocava, Ana se sobressaltava e ainda tentava trotar entre as coisas. Mas hoje arfava ligeiramente. Foi mesmo? repetiu inclinando um rosto a que algum pensamento de tranquilo desespero deu uma expressão de amor tão luminoso que se alguém a visse teria visto o amor.

A certeza de uma grande experiência, apesar de sua vida reclusa, tomou essa mulher mais do que madura. Olhou com alguma piedade aquela moça à sua frente, cheia de estúpida juventude, a quem jamais se poderia ensinar a... a... bondade? que bondade? ela teria que aprender sozinha.

Que coisa! disse Ana Rocha Neves decepcionada.

A moça então respondeu que se morresse – "afinal que importava? a mãe não choraria sequer".

Se fossem despertadas, talvez se surpreendessem de que, usando meios tão precários, pudessem cair tão plenamente no jogo. Mas já não precisavam de grandes preparações para entrar nos dois personagens, e os inícios eram cada vez mais rápidos agora, quase impacientes.

"A mãe não choraria", disse Lucrécia, e isso ofendia Ana. Tornara-se claro, entre as pancadas da chuva, que se a mulher não choraria, não era Lucrécia quem perderia – pois nesse momento seria a humilde e a morta.

A moça prosseguiu: a senhora nem havia de chorar como por exemplo Perseu nem chorava... Ana concordou rapidamente vingando-se do rapaz que lhe roubava tantas horas da filha.

Mas, concordando que Perseu não choraria, aceitara um dos dados da sentença – e a própria comparação tornou-se impossível de contrariar. A mulher silenciou enquanto Lucrécia ganhava em força e certa amargura por convencê-la tão facilmente. A experiência deveria ter-lhe ensinado que era inútil esperar que a mãe protestasse. Sobretudo o personagem que coubera a Ana parecia ter um caráter ainda mais fraco do que o real.

— Porque a senhora ficaria só, nem precisaria pagar minhas roupas, mamãe, e se sentisse falta de companhia podia até arranjar amigas...

Ana agora quase sorria às esperanças que Lucrécia lhe dera; e com os olhos perturbados, já mergulhados no futuro, quase concordava.

— E a senhora podia casar com o pai de Perseu..., prosseguiu dessa vez horrorizada em imaginar aquele homem sanguíneo desprezando sua mãezinha. Nunca ousara tanto e ambas se olharam surpreendidas. A mulher mexeu-se afinal na cadeira, ruborizada:

— Ora menina!... disse com coqueteria.

Lucrécia teve medo e acrescentou cautelosa:

— Ou, então não, queridinha, só viver com mais conforto...

Ana assentiu rapidamente com a cabeça — por um curto instante fitou e desfitou a filha, sorrindo desconfiada.

Mas diante do olhar contente de Ana a moça não suportou mais, e alguma coisa enfim se quebrando desafinada, ela engoliu a comida, ergueu-se correndo e estava ajoelhada junto da mãe que a fitava aterrorizada e vermelha de prazer...

— ... mamãe como a nossa vida é triste! gritou abafada pelas pernas da mulher. (E os bailes, e os bailes? dizia-lhe o demônio.) Ana balbuciou qualquer coisa, cheia de pudor, ofendida: não acho! murmurava quase altiva.

Mas enquanto mantinha o rosto sufocado, e toda a sala que ela não via girava tonta, a moça parecia descobrir que não era de tristeza que gritara. É que não podia suportar aquela muda existência que estava sempre acima dela, a sala, a cidade, o alto grau a que chegavam as coisas sobre a prateleira, o passarinho seco prestes a voar empalhado pela casa, a altura da torre da usina, tanto intolerável equilíbrio — que só um cavalo sabia exprimir em cólera sobre as patas. Tanta alegria que jamais se quebrava — e que só às vezes a banda de música do quartel rompia fazendo enfim todas as janelas da cidade se abrirem.

Quando a moça se ergueu tinha o rosto tranquilo. As coisas estavam pousadas ao seu redor, muito calmas. Xícaras de café fumegavam, a mãe sentada, mesa e toalha, tudo de novo inconquistável.

Sentou-se para tomar café. Talvez pensasse de como seria burlesca a vida de ambas se elas se falassem? e de como S. Geraldo se destruiria se, em vez de espiá-lo mantendo-o fora de alcance da voz – alguém falasse enfim. Se Ana e ela conversassem, ela teria tantas vezes antes quebrado a própria resistência com uma sinceridade. Mas entre pessoas sem inteligência não havia necessidade de se explicar.

– Ai, Lucrécia, ô minha filha, não tenho dormido bem, disse Ana desamparada pela independência de Lucrécia, a quem a rápida entrega não parecia mais alterar.

– Mamãezinha, a senhora precisa sair um pouco mais de casa.

– Deus me livre, minha filhinha, ai, meu Deus.

Antes que Ana prosseguisse, prendendo-a para uma longa conversa, a moça ergueu-se, atravessou o corredor e entrou na sala de visitas. Onde as luzes das outras casas tornavam inútil acender a lâmpada. Pegou então no par de sapatos e começou a engraxá-los devagar na penumbra.

De início um pouco irreconhecível, após um instante a sala retomava sua antiga posição tendo como centro a flor. O espírito era o vento, o noroeste soprava com insistência, quebrado pelos sobrados da rua.

O aposento era repleto de jarros, bibelôs, cadeiras e paninhos de crochê, e nas paredes de papel florido amontoavam-se folhas recortadas de revistas e de antigos calendários. O ar sufocado e puro de lugares sempre fechados, o cheiro das coisas. Mas em pouco começaria o leilão e os objetos seriam escancarados? nada impediria mesmo que a porta se abrisse – o vento prenunciava portas bruscamente espalancadas. Esfregando mais lenta os sapatos, a sonhadora moça examinava com prazer sua fortaleza, não a espreitando mas olhando-a diretamente: preparava-se para estar diante das coisas com lealdade. Insistindo em se pousar como sobre o morro do pasto – assim olhava ela. Nessa moça, que de si sabia pouco mais do que o próprio nome, o esforço de ver era o de se exteriorizar. O pedreiro construindo a casa e sorrindo de orgulho – tudo o que Lucrécia Neves podia conhecer de si mesma estava fora dela: ela via.

A coragem porém era decidir-se a começar. Enquanto não iniciava, a cidade estava intacta. E bastaria começar a olhar para parti-la em mil pedaços que não saberia juntar depois.

Era uma paciência de construir e de demolir e de construir de novo e de saber que poderia morrer um dia exatamente quando demolira em vias de erguer.

No meio de sua ignorância sentia apenas que precisava começar pelas primeiras coisas de S. Geraldo – pela sala de visitas – refazendo assim toda a cidade. Plantara mesmo a primeira estaca de seu reino olhando: uma cadeira. Ao redor porém continuara o vazio. Nem ela própria podia aproximar-se desse campo criado que uma cadeira tornara inabordável. Nunca pudera ultrapassar a serenidade de uma cadeira e dirigir-se às segundas coisas.

Embora, enquanto olhasse, se passasse um tempo que um dia se chamaria de aperfeiçoamento? aqueles longos anos que se passavam através de momentos espalhados: através de raros instantes Lucrécia Neves possuía um só destino. Como era lenta, as coisas à força de serem fixadas ganhavam a própria forma com nitidez – era o que às vezes conseguia: atingir o próprio objeto.

E fascinar-se: porque eis a mesa no escuro. Elevada acima de si mesma pela sua falta de função. As outras coisas da sala ingurgitadas pela própria existência, enquanto o que pelo menos não era maciço, como a mesinha oca de três pernas – não possuía, não dava – era transitório – surpreendente – pousado – extremo.

Sinais de telegrama. Eis a forma alçada da mesinha. Quando uma coisa não pensava, a forma que possuía era o seu pensamento. O peixe era o único pensamento do peixe. O que dizer então da chaminé. Ou daquela folhinha de calendário que o vento arrepiava... Ah, sim, Lucrécia Neves via tudo.

Embora nada desse de si – senão a mesma clareza incompreensível. O segredo das coisas estava em que, manifestando-se, se manifestavam iguais a elas mesmas.

Assim era. E esfregando o sapato, a moça olhou esse mundo escuro repleto de bibelôs, da flor, da única flor no jarro: este era o subúrbio – ela engraxava furiosamente.

Eis a flor – mostrava o grosso caule, a corola redonda; a flor se demonstrava. Mas sobre o caule também ela era intocável, o mundo indireto. Inútil ser imóvel: a flor era intocável. Quando começasse a murchar, já se poderia olhá-la diretamente mas então seria tarde; e depois que morresse, se tornaria fácil: podia-se jogá-la fora tocando-a inteiramente – e a sala decresceria, andar-se-ia entre as coisas apequenadas com firmeza e desilusão, como se o que fora mortal tivesse morrido e o resto fosse eterno, sem perigo.

Ah, ah, vibrava o ar conhecido da sala. Ah, espiava a moça com quatro sapatos. O desejo de ir a um baile às vezes nascia, crescia e deixava espumas na praia. Com os sapatos na mão Lucrécia Neves entortou a cabeça e tentou sorrateira espiar a flor viva. Aproximou-se mesmo, cheirou-a desconfiada. Entonteceu de tanto inspirar, a própria flor entontecia aspirada – ela se dava! Mas chegado certo momento – a pancada súbita do casco! –, e o perfume tornou-se indevassável. Lá estava a flor exausta porém com o mesmo grau de perfume de antes... De que era feita a flor senão da própria flor. Assim era. E a seu lado, o menino de porcelana tocando flauta. Uma coisa sóbria, morta, como felizmente jamais se poderia imaginar.

Oh, mas as coisas não eram jamais vistas: as pessoas é que viam.

E perto a sólida porta da sala. E mais além a mulher de porcelana sustentava nas costas o reloginho parado.

Tudo isso era a miniatura da igreja, da praça e da torre do relógio, e neste mapa a moça calculava como um general. Que diria então se pudesse passar, de ver os objetos, a dizê--los... Era o que ela, com paciência de muda, parecia desejar. Sua imperfeição vinha de querer dizer, sua dificuldade de ver era como a de pintar.

O difícil é que a aparência era a realidade.

Agora a chuva caía em grandes pancadas.

Nesse ínterim algum tempo se passara. E se nada se transformara, a noite já perdera a sua data, e cheirava a cal úmida.

A moça abriu distraída a revista, e na penumbra mal se reconheciam as figuras. Mas lá estavam as estátuas gregas... Uma delas talvez fosse apontar?... porém não tinha mais braço. E mesmo haviam-na deslocado do lugar que ela indicava com o toco de mármore que restara; cada qual deveria ficar na sua cidade porque, transportado, apontaria no vazio, assim era a liberdade das viagens. Lá estava o toco de mármore. Na penumbra. Que aspecto! a moça largou a revista, ergueu-se – que faria até casar? senão andar de um lado para outro – e abriu as portas da varanda com curiosidade.

Mal as entreabriu a grande noite entrou com o vento espalancando-as – mas após a primeira rajada sentiu-se apenas o latejar da escuridão, as luzes da rua quase se apagando sob a chuva.

Na esquina uma carroça de lamparina acesa se arrastava fustigada. Quando as rodas se perderam na distância nada mais se ouviu.

Lá estava a cidade.

Suas possibilidades aterrorizavam. Mas nunca esta as revelou!

Só uma ou outra vez um copo se partia.

Se ao menos a moça estivesse fora de seus muros. Que minucioso trabalho de paciência o de cercá-la. De gastar a vida tentando geometricamente assediá-la com cálculos e engenho para um dia, mesmo decrépita, encontrar a brecha.

Se ao menos estivesse fora de seus muros.

Mas não havia como sitiá-la. Lucrécia Neves estava dentro da cidade.

A moça se inclinou para fora, escutava, olhava, ah, chuva com vento, dizia seu calmo sangue, ela se inclinava, escutava, ah! respirava Lucrécia quebrando-se de encontro às grandes escuridões além da Cancela: devia estar chovendo nos trilhos desertos.

Adivinhavam-se mesmo as luzes banhadas da estação. No morro do pasto, na tempestade, que fariam os cavalos molhados?

Os relâmpagos abrindo clareiras e iluminando por um segundo o pelo escorrente, as pupilas perigosas de humilhação. Os equinos! depois os trovões rolavam pacientes e fechavam o morro em escuridão. O rosto de Lucrécia Neves se esforçava curioso além de sua própria figura, escutando. Mas só se ouviam as ruas escorrendo com a chuva...

Apoiando-se então nas venezianas ela murmurou: ah, eu bem queria ter a força de uma janela, murmurou-se baixo, e através dessas palavras disfarçava talvez outras mais antigas, à procura de um rito perdido. Inexplicavelmente com mais esperança, tentava agora excitar sua ira até chegar à própria força, trotando atenta, experimentando tocar nos objetos – até que acertasse naquele que seria a chave das coisas, tocando a porta com mão delicada e com uma serenidade que também esta jamais romperia o próprio limite – tal o extraordinário equilíbrio em que tudo se mantinha.

Uma notícia, pensou com outras palavras, excedendo-se em nova cólera – e escutando em esperança: mas a noite, a noite rodeando a torre do relógio era a resposta.

Moveu-se adormecida, bocejando furiosamente sem ilusão, farejando de perto o cheiro de cadeiras que o vento erguia e dissipava – já estava desgrenhada como se tivesse trabalhado em tarefas grosseiras. Venha a mim, ensaiou ruborizando-se... Um novo trovão rolou com tristeza, a moça ronronou de prazer. Venha a mim, disse com outras palavras. Nem ela própria respondeu. A chuva cantava nos canos.

Bocejando ajoelhou-se diante do sofá, afundou o rosto na almofada: sempre repousava depois do jantar.

E o mofo que vinha da velhice bem cuidada do móvel.

No entanto eu tenho tido paciência, pensava passando os dedos pelas nervuras do couro; tivera paciência através de tantos passeios e de chapéus com abas.

A notícia, forçava-se ela vazia. Os cavalos imóveis na chuva. Ah, dizia em cólera e humildade, as mãos sonolentas entrançando uma mecha de cabelos.

Não sabia por onde recomeçar a ter esperanças, a sala cobriu-a numa vaga, mas ela mantinha os olhos abertos dentro da almofada, uma cabeça decepada no Museu: sonhava curiosa no escuro, os cavalos se moviam no morro, trocadas as posições do jogo.

Foi então que ouviu passos na calçada. Com mais um esforço de atenção, passou a ouvi-los pelas escadas. Eles se aproximavam. A moça aguardava com a inteligência curta, os sentidos alertas. O ombro esquerdo alisava sonso o ouvido, a cabeça na almofada... Afinal os passos estacavam junto da sala. Com dificuldade de ouvir, Lucrécia Neves inventou ouvir a porta ranger.

Interrompeu-se, a pena de avestruz na mão e o papel a meio escrito sobre a escrivaninha. Mais um esforço de invenção, e sua mão pousava sobre largas saias. Inclinou o rosto pálido que agora bandós emolduravam: sua face estava enobrecida pela paciência. Com a pena erguida na mão, olhou afinal. A porta se abria e o vento penetrava fazendo vacilar a sala. Um homem apareceu e a água escorria de sua capa. Quando pensou que ele nunca falaria, o visitante disse sobre a barba ensopada:

– Chegou, Lucrécia. Já chegou o navio.

Pela primeira vez pronunciavam seu nome ressaltando-lhe o destino.

Era um nome a ser chamado de longe, depois de mais perto, até entregarem-lhe ofegante a carta. Tirou o lenço de um dos punhos, tapando a boca com a renda para esconder o tremor:

– Bem carregado?

O homem olhou com certa hesitação.

– Sempre o mesmo. Carvão. Sempre carvão.

Lucrécia Neves mantinha-se retesada.

– Pode ir então, disse-lhe com os olhos cheios de lágrimas frias, pode ir, não interessa.

Não era esse o carregamento, não era esta a notícia! O homem grande cobria a entrada da porta. Quase poderia cair para a frente, e a moça indagou-se se por acaso não estava ferido. Mas o homem agora fitava com força os bibelôs, e sem sorrir desprezava a brancura fresca da porcelana.

– É carvão, repetiu alçando os ombros com ironia, é carvão...

– Vá embora, ordenou com firmeza.

A porta afinal se fechou. Lucrécia Neves pousou a pena sobre a escrivaninha e ficou pensativa. Piscando dentro da almofada.

Oh, fora livre de inventar a notícia que esperava e no entanto de novo procurara com a sua liberdade as coisas fatais, tal o equilíbrio. A noite pesava de chuva.

A moça ergueu afinal a cabeça do sofá e toda estremunhada olhou. Sob a água a sala flutuava diante dos olhos vindos da escuridão. Os bibelôs luziam em claridade própria como animais das profundezas. A sala estava íntima, fantástica, o interior sufocado de sonho... Por todo o aposento coisas inocentes se haviam espalhado em guarda.

Também o rosto da moça estava embrutecido e doce. O corpo mal sustentava a pesada cabeça.

Ergueu-se sonolenta até a janela, e de fato, no instante em que tocava o parapeito, ouviu o barulho de asas. Da varanda invisível ao lado ergueu-se a pomba espavorida no meio da chuva e em voo desapareceu.

Como se a asa tivesse lhe batido na face, com o coração batendo desperto: "até parecia que a pomba partira de suas mãos, imagine!" O erro de visão subiu em fogo de artifício, a janela abriu-se e bateu de novo, o vento percorreu a sala arrepiando-a – no fundo da casa desperta outras janelas abriam-se respondendo – secamente a veneziana continuava a bater e todo o sobrado foi perpassado de frio e altura: o frágil primeiro andar estremecia nos vidros molhados e nos espelhos, e em torno da flor grandes vespas adormecidas fugiram assustadas, o horror íntimo da flor se libertava em mil vidas – o subúrbio invadindo em trote regular a sala?... O relâmpago. O aposento se revelava em claridade, a porcelana faiscava – estas coisas longamente provocadas resplandeciam aos olhos: também assim não! dizia estremecendo sob o mecanismo por ela mesma desencadeado. Depois do relâmpago a sala se escureceu. A chuva corria velozmente arrastando galhadas e pedaços de troncos podres.

A moça olhava os cantos alargados da sala, procurava prender-se à primeira salvação sólida: fitou o confuso buraco da fechadura que sob a fixidez foi se aperfeiçoando em fechadura menor, menor, até que alcançou o próprio tamanho delicado.

Sentindo-se mais lúcida, perdera no entanto certo tempo incontável – ela que se aproximara tanto que por um instante tivera medo de ser santificada – pela realidade? E agora bem queria prosseguir mas o vazio a rodeava e no vazio a fechadura a prendia – queria alçar-se acima da fechadura mas que esforço de grito de ave era alçar-se de novo, só quem voava saberia quanto pesava um corpo – a sala se iluminou em silencioso clarão, fechou-se calma e latejante no escuro; a última vela apagada. Trovões tranquilos reboaram além da Cancela. No silêncio as gotas corriam pela vidraça.

A moça bocejou rapidamente, sem tempo. Estava de pé, corcunda, humilde. Tudo parecia esperar que também ela batesse firme e breve com a pata.

E entre bocejos incessantes também ela quereria assim exprimir sua modesta função que era: olhar. Que sala inexpressiva, pensou de longe roendo a unha do polegar.

As águas escorriam para os esgotos, líquidas, abundantes... Os bichos espalhados esperavam.

Um instante em que ela se exprimisse e ter-se-ia colocado no mesmo plano da cidade. Um instante em que ela se demonstrasse, e teria a forma que lhe era necessária como instrumento.

Então, austera, tentou com honestidade dizer. Roendo raivosamente a unha, inclinou a cabeça: como expressão. Mas não, nada fora dito... Olhou madeira, mesa, estatueta, as verdadeiras coisas, procurando trabalhar-se na imitação de uma realidade tão palpável! mas parecia faltar-lhe, para dizer, fatalidade maior. A moça a procurava: inclinando o torso para a frente e perscrutando-se com esperança. Mas de novo errara.

Então apagou tudo e recomeçou. Alçou-se desta vez na ponta dos pés; escutou. Surpreendendo-se em descobrir, através da liberdade de escolher os movimentos, a dureza de ossinhos, de pequenas leis irrevogáveis e delicadas: havia gestos que se podiam executar e outros proibidos.

Caíra numa arte antiga de corpo e este procurava a si mesmo tateando na ignorância.

Até que pareceu encontrar a simples sutileza do corpo, transformado afinal na coisa que age.

Então estendeu uma das mãos. Hesitante. Depois mais insistente. Estendeu-a e repentinamente entortou-a mostrando a palma. No movimento o ombro se alçou aleijado...

Mas era assim mesmo. Estendeu o pé esquerdo para fora. Deslizando-o pelo chão, as pontas dos dedos oblíquas ao tornozelo. Estava de algum modo tão retorcida que não voltaria à posição normal sem esfuziar-se em torno de si própria.

Com a palma cruelmente à mostra, a mão estendida pedia e ao mesmo tempo: Indicava. Erguida por uma veemência tão rápida que se equilibrava no imóvel – como a flor no jarro.

Eis o mistério de uma flor intocável: a veemência jubilante. Que rude arte. Ela se reduzira a um único pé e a uma única mão. A imobilidade final depois de um pulo. Parecia tão malfeita.

Exprimindo pelo gesto da mão, sobre o único pé, entortados com graça em oferenda, o único rosto sacudindo-se em pantomima, eis, eis, toda ela, terrivelmente física, um dos objetos. Respondendo enfim à espera dos bichos.

Assim permaneceu até que, se precisasse urgentemente chamar, não poderia; perdera enfim o dom da fala. A mão se contrapunha à cara como a outra face de seu rosto.

"Tem mãos demais", disse-se ainda e, aperfeiçoando-se, escondeu mais a outra atrás das costas.

Mesmo uma só mão, e imóvel, fazia com que por vezes toda a figura tivesse estremecimentos de ventarolas. Julgando-se porém perfeita, suspirou e manteve a posição.

Tão humilde e irada que não saberia pensar; e assim dava o pensamento através de sua única forma precisa – não era isso o que sucedia às coisas? – inventando por impotência um sinal misterioso e inocente que exprimisse sua posição na cidade, escolhendo a própria imagem e através desta a dos objetos.

Nesse primeiro gesto de pedra, o oculto estava exteriorizado em tal evidência. Conservando, para a sua perfeição, o mesmo caráter incompreensível: o botão inexplicável da rosa se abrira trêmulo e mecânico em flor inexplicável.

E assim ficou como se a tivessem depositado. Distraída, sem nenhuma individualidade.

Sua arte era popular e anônima. Às vezes aproveitava a mão que estava atrás para coçar rapidamente as costas. Mas logo se imobilizava.

Na posição em que estava, Lucrécia Neves poderia mesmo ser transportada à praça pública. Faltavam-lhe apenas o sol e a chuva. Para que, coberta de limo, fosse enfim despercebida pelos habitantes e enfim vista diariamente com inconsciência. Porque era assim que uma estátua pertencia a uma cidade.

A chuva decrescera, os canos da casa começavam a deglutir avidamente as águas. Calma, com o rosto um pouco torto, a mocinha espiava.

Tão fútil e fraca, tão insignificante, aproveitando a mão que estava às costas para afastar uma vespa. Mas sem que ninguém a tivesse obrigado a escolher o sacrifício, perdia neste momento a juventude pelo símbolo da juventude? e a vida pela forma da vida, a única mão indicando.

E eis que de perfil, a bocejar, parecia o anjo que sopra na porta das igrejas. Entre menina e menino, o olho, já piscando de sono, a espiar de perfil.

Embora vista de três quartos ganhasse de súbito volume e sombras, delicadeza e opulência: um serafim coxo.

Na verdade pousada sem culpa como na sala de espera de um dentista.

Até que, sob o som mais macio das águas correndo nos canos, a mão estendida perdeu a eloquência – e a cabeça emergiu do desastre numa grande e instável forma. Que diminuiu até sua solidez.

Então Lucrécia Neves bocejou livremente tantas vezes em seguida que parecia uma louca, até se interromper saciada.

E desconfiada.

Pois revia-se agora, com bastante estranheza no gesto, que gesto? que tivera a urgência de um cacoete – e como um cacoete alarmava pelo seu lado mecânico indomável:

receou mesmo ser obrigada a executá-lo na frente dos outros... Imaginou-se a largar uma xícara de café, a erguer-se adormecida, só depois se acomodando com alívio – na frente dos outros.

"Tudo isto foi uma brincadeira, sabe", disse-se com pudor. "Isto" o que, em verdade? Imaginou sua mãe espiando e cerrou os olhos de vexame. Supôs Mateus vendo sua paixão por bibelôs, e através dele não se entendia. "Eu coleciono, então! que é! nunca viu colecionar?" respondeu-lhe bruta. Mas Mateus não apagou o charuto e ganhou.

E através dele ela não se conhecia. Oh, sabia tão pouco de si como o homem, que passando, a olhara e a vira alongada. E, se espiava para si própria, via-se apenas como Ana a veria.

Porque na verdade mesmo: ela era uma pessoa que passava pela rua, parava diante de uma vitrina, escolhia uma fazenda cor-de-rosa para admirar e dizia: é uma cor que adoro! e as pessoas diziam: é a cor preferida de Lucrécia Neves, e ela ainda explicaria: mas também gosto de outras! as pessoas diziam: conheço Lucrécia Neves, mora no 34 da rua do Mercado. Ela morava na rua do Mercado e tudo isso foi brincadeira, assegurou ela a Felipe que a conhecia tão bem.

Talvez nunca soubesse que estendera tolamente a mão e o pé se, há semanas, não se tivesse inclinado da janela da cozinha para o quintal da loja e não tivesse percebido o caixeiro-contador de "A Gravata de Oiro".

Sem ser vista, surpreendera-o de pé ao sol. Subitamente o homem dissera apontando a lata do lixo: "fique quieta, menina." O caixeiro-contador, de pé, nobre, olhava a lata com intensidade. "Fique quieta, menina", dissera. Depois parecera calmo, coberto de tristeza como se de novo uma fórmula tivesse falhado.

Sem se saber observado, estava todo íntimo e objetivo. E, tão solitário, que se tornara impudente examiná-lo. Mas enquanto ele saía do quintal, já tinha um ar satisfeito, parecia mesmo cobrir-se de modéstia; e esboçara um gesto que parecia impedir o louvor do povo. Antes de entrar na loja ainda fungara, ajeitando as calças no cinturão. E ria em malícia, sacudindo um pouco os ombros – quem ria nele de todos? ele era magro, os ombros se inclinavam na camisa usada, e, alguma coisa ria nele, enquanto ele mesmo – impossível de ser interrompido sem ser fulminado – olhava pela última vez a lata, fungando com rancor e satisfação.

Com medo de despertá-lo, Lucrécia recuara envergonhada. No mesmo dia encontrara-o ao pé da escada e ele dissera apressado e cordial: boa tarde, Lucrécia.

Consciente de seu gesto na sala, por intermédio da lembrança do caixeiro-contador, a moça se surpreendia recomeçando a entrançar a mecha de cabelos. Quase não sabia o que a levara até movimento tão concreto.

Que sujo caminho era percorrido na escuridão até os pensamentos rebentarem em gestos! O subúrbio todo trabalhava nos subterrâneos dos esgotos para aqui e ali um homem tossir na esquina.

Também nela a verdade era muito protegida. O que não lhe despertava muita curiosidade. Assim como nunca precisara da inteligência, nunca precisara da verdade; e qualquer retrato seu era mais claro do que ela.

Embora, um pouco perplexa, percebesse que sabia tanto de si quanto o caixeiro-contador diante da lata de lixo. E, também como ele, se orgulhasse de, de tal forma não se conhecer... "Não se conhecer" era insubstituível por "conhecer-se".

A moça terminou pois por ficar muito satisfeita com a trança entre os dedos. Se possuía alguma consciência de seu gesto, enquanto o caixeiro-contador jamais pudesse saber que falara com uma lata de lixo – é que Lucrécia Neves tanto vivia se mostrando que algumas vezes chegava mesmo a se ver.

Só que se via como um bicho veria uma casa: nenhum pensamento ultrapassando a casa.

Era esta a intimidade sem contato dos cavalos; e apenas por eles os sobrados da cidade eram inteiramente vistos. E se as luzes se apagavam progressivamente nas janelas, e na escuridão nenhum olhar podia mais exprimir a realidade – o sinal possível e suficiente seria a pancada do casco, transmitida de plano a plano até atingir o campo.

A água gorgolejava no sobrado e dentro da sala cada objeto recortado recuperava sua existência pacífica.

O que era de madeira estava úmido, e os metais gelados. As ruínas ainda fumegavam. Mas em pouco a sala, nas suas fumaças finais, repousava como ninguém a poderia jamais olhar. Apagadas as últimas luzes.

Embora, na escuridão, a moça ainda velasse cheia de sono, sonhando em se casar – o bibelô tocava flauta na sombra. Um dia ela veria o bibelô, brevemente ou daqui a muitos anos, a perfeição não se apressa, o tempo de uma vida seria justo o tempo de sua morte. E pelo menos ela já possuía a própria forma como instrumento de olhar: o gesto.

O bibelô tocava na sombra e a mocinha ia-se afastando com a trança espetada no ar. Ainda via a flauta erguida. Mas sob os olhos fixos as coisas começaram a se entortar fundindo-se lentamente, a flauta foi ficando dupla até que suas formas saíram fora de si – fulminada pela vigília, Lucrécia cabeceou.

A sala, preparando-se para a longa noite, estava de olhos abertos, calmos. De longe as coisas são indeterminadas – assim estava a sala.

5. NO JARDIM

Pouco depois, enquanto mudava de roupa, o rosto de Lucrécia estava transviado pelos primeiros espantos do sono. Mal-assombrada como se já tivesse adormecido, interrompeu-se com o vestido na mão – chamada, fraca: mais um instante e começaria a sonhar. No banheiro nem sabia mais o que viera buscar. De novo arrastou-se para o quarto e parou à porta. Pela varanda soprava o vento da chuva. As coisas estavam exorcizadas, divididas, extremamente pálidas... a cortina voava quase levada e o quarto hesitava como se alguém acabasse de desaparecer pela janela. Havia um momento na imobilidade dos objetos que assombrava numa visão... Na sonolência, Lucrécia Neves se eriçou diante das coisas físicas. A luz estava apagada. O aposento porém se aclarava pela exalação mortiça de cada objeto e a própria cara da moça tornou-se tocante. Fitar as coisas imóveis por um momento a solevou num suspiro de sono, a própria imobilidade a transportou em desvairamento: bocejando cuidadosa, errante entre os objetos do espaço – os brinquedos da infância espalhados sobre os móveis. Um camelinho. A girafa. O elefante de tromba erguida. Ah, touro, touro! atravessando o ar entre os vegetais carnudos de sono.

Afrontada Lucrécia Neves segurava o copo d'água que trouxera do banheiro. Parecia ouvir através do silêncio algo distante – acordado – insistente – irrespondível e urgente.

Em breve estava na cama. Adormeceu desperta como uma vela.

E a noite em S. Geraldo decorreu limpa, espantada.

Formigas, ratos, vespas, rosados morcegos, manadas de éguas saíram sonâmbulas dos esgotos.

O que a moça via no sonho entreabria-lhe os sentidos como se abre a casa ao amanhecer. O silêncio era funeral, tranquilo, um alarme lento impossível de ser apressado. Era este o sonho: estar alarmada e lenta. E também olhar as coisas grandes que saíam do alto dos sobrados assim como se via diferente no espelho dos outros: entortadas numa expressão passiva, monstruosa.

Mas a alegria monótona da moça prosseguia sob o rumor das correntes. O sonho se desenrolava como se a terra não fosse redonda mas plana e infinita, e assim houvesse tempo. O primeiro andar a sustentava no alto. Ela se exalava.

O espelho do quarto.

Mas a moça virou a cabeça para o lado. O coração continuou a bater no recinto. Então o espelho despertou-a.

Entreabriu as pálpebras, fixou cega. Aos poucos as coisas do quarto retomaram a própria posição, recuperando o modo de serem vistas por ela. Agora acordada, sua consciência era mais demente que o sonho, e ela coçava o corpo com mãos embrutecidas.

Mas em breve continuava a sonhar através dos ramos, afastando-os, surda aos conselhos. Espiando tola o que via; mesmo lembrar-se do próprio momento era inatingível – lenta, insensível, proliferada, ela prosseguia. Procurava. O sono era a sua atenção máxima.

A cada parada do sonho, fixava uma rua desconhecida com novas pedras. Mesmo no sono sentia falta de um modo de ver. Atenta, fustigada, ela procurava.

Eis que sobre a pista os cavalos diminuíam na distância. O grito de uma locomotiva na estação cortou o quarto em lamúria, sacudindo no sono todo o primeiro andar! Tocada! no meio da catástrofe, pálida dentro da carruagem, adormeceu mais.

Um apito já longínquo fez a moça estacar na parte seca do sonho, apalpando-a de olhos cerrados: um número tinha certo ponto inutilizável nas contas, o fundo duro: 5721387 – era este número que encontrara, abaixando-se para apanhar a pedrinha. Examinando-a teimosa e inexpressiva, dando ao sonho momentos mais difíceis: virava e revirava a pedrinha.

Até que um cão latiu na esquina. Cão latindo é destino! Chamada, imediatamente jogou longe a pedra e prosseguiu na procura sem olhar para trás. Exalava-se monótona, simétrica.

À cabeceira esplendia o copo d'água.

O tempo avançava e a noite apodrecia em grilos e sapos. No quarto o ar estava saturado da doçura e do amor da hora tardia.

A moça procurava. Envelhecendo, preparando-se para o momento em que afinal encontrasse.

A delicadeza dos objetos pousados começava a fatigá-la, eles já pesavam nas mãos fracas de sono, como doía tal equilíbrio; e dizer que este talvez fosse um instrumento apenas! gemeu, arranhou o rosto. E, arrastando-se no sonho como pôde, estava agora diante da escada da Biblioteca, a contar os degraus. Que vento.

Era um trabalho paciente o de descer as escadas e subi--las, de olhar com nudez de cima, esquadrinhar a poeira, experimentar com os passos o patamar ou examiná-lo por horas. Afinal decidindo-se, começou a arear de joelhos a pedra do patamar. Esfregou o corrimão da Biblioteca com a manga, cuspiu para dar brilho.

Esfregava, forjava, polia, torneava, esculpia, o mestre carpinteiro demente – preparando pálida todas as noites o material da cidade – e talvez no fim conhecesse – conhecia apenas de noite – a prova indireta. Ariando a pedra com perseverança, inclinando-se do alto com o pano de pratos na mão.

Prestou atenção num traço que o pano não apagaria jamais, bordou mesmo um pouco, fez rapidamente algumas compras, apanhando a bolsa caída no chão... sonhava com liberdade como uma guerra. Procurando.

De embrulhos embaixo do braço foi enfim esperar um pouco na praça de pedra, todas as noites aquela moça ia esperar um pouco na praça de pedra, pôs-se de pé ao lado da estátua equestre para esperar um pouco na praça de pedra. Lá estava a colina em trevas. O domínio dos equinos. A moça olhava. Estava esperando na praça de pedra.

De súbito deu-lhe um instinto, virou-se para o outro lado da cama com ferocidade – sonhou uma coisa instantânea, dura, a colina se recortou com a nitidez torta de um desenho malfeito! ah, ah, exalava-se o subúrbio pleno e arrepiado.

Já sem tempo a moça procurava porque mesmo de noite S. Geraldo... – ela se apressava, tropeçava nas grades dos esgotos, aprofundava-se na covardia, nos becos tranquilos, na sua falta de coragem de rasgar os papéis antigos e de pôr fora vestidos velhos, e era terrivelmente esperta nisso, escondendo-se nas sombras das lojas, coçando-se radiante com as luvas – respirava agitadíssima, as torres arquejavam sob a lembrança de guerras e conquistas.

Os cavalos de Napoleão estremeciam impacientes. Napoleão sobre o cavalo de Napoleão estava parado de perfil. Olhava para a frente no escuro. Atrás toda a tropa em silêncio.

Mas não amanhecia. Eles esperaram a noite toda.

Sob o sonho os motores do subúrbio não paravam, não paravam, a saliva escorria de sua boca aberta.

Adormeceu enfim mais profundamente. Desperta como o luar é erecto. Estava tão adormecida que se tornara enorme. Arrastando o corpo, procurando.

Quando viu os cascalhos do riacho, começou a ouvir.

S. Geraldo estava extremamente doce e zumbido... podre, tranquilo.

Ela procurava tanto que errara e caíra numa época sem data? anterior mesmo aos primeiros cavalos. Mas era bonito – Lucrécia Neves batia palmas com sonolência, o campo era bonito! cheio de harmonia incomparável, ável, ável, repetiam graves as antigas colinas destruídas. A ressonância tinha sempre a mesma altura insuportável, atravessada por novas alturas e por novas alturas... – ela se esforçando no único modo possível de ouvi-las: rememorando-as.

A pluma tocava com insistência doida o ouvido... os motores íntimos não cessavam. Por um instante, os sons soprados tornaram-se infantis, tocados pela mesma boca virgem. E agora desafinados – uma boca aberta cantando sem êxtase, em destino leal; cantando antes das coisas ainda.

Ou era a sua respiração apenas? às vezes Lucrécia Neves bem sabia que era apenas sua respiração enchendo a noite. E às vezes os sons soprados tornavam-se um balido abundante de água. O que era perigoso é que em nenhum instante houve erro. Porque era a primeira vez. E não se poderia repetir sem errar.

Então entreabriu os lábios, respirando através deles.

E então foi mesmo de sua boca que a doce confusão do campo nasceu. Um instante porém que a castidade se intensificasse mais e a pura voz desafinaria em amor, já em pleno tempo de cavalos arrastando carroças entre as coisas.

De fato a respiração já estremecia fecunda e já havia ameaça no coração ardente de cada vibração; a moça dormia com esforço sobre-humano. Sua respiração já se dividia nos primeiros objetos... que eram de uma beleza extrínseca!

Seria este um novo modo de ver as coisas? de uma beleza extrínseca! ela batia palmas sonolentas. Enquanto os sons se afinavam cada vez mais, já que os primeiros objetos tentavam se dar: o que existia explicava-se ao máximo, e o máximo era o estremecimento de uma flor no jarro... as coisas se alçando e se dando com horror – e o máximo era a serenidade de um objeto parado.

Também Lucrécia Neves se esforçava para se exteriorizar, sem saber se devia se dirigir à esquerda ou à direita. De súbito acordou.

O quarto estava cheio de graça.

Estava acordada e difícil. Com o choque de acordar, desenrolava-se esfuziada em torno dos próprios pés – sentia-

-se mal a morrer. A música nauseante – ela continuava a ouvi-la e não acreditava. Sentada na cama em terror... Estava acordada e sem consciência – dormia sem interrupção como se a terra fosse infinita. Dormia com paciência monstruosa. Ela procurava.

E agora era muito tarde. Quando inventara ouvir a notícia, a moça retrocedera até estar vestida com saias longas e alisar bandós na testa. Mas agora no sonho pôde recuar até encontrar enfim: que era grega. "Como a da revista", e ruborizou-se agitada. Sonhar ser grega era a única maneira de não se escandalizar, e de explicar seu segredo em forma de segredo; conhecer-se de outro modo seria o medo.

Ela era antes dos gregos pensarem ainda, tão perigoso seria pensar.

Grega numa cidade ainda não erguida, procurando designar cada coisa para que depois, através dos séculos, elas tivessem o sentido de seus nomes.

E sua vida erguia, com outras vidas pacientes, o que se perderia mais tarde na própria forma das coisas. Apontava com o dedo, a grega sem rosto. E seu destino como grega então era tão inconsciente quanto agora em S. Geraldo. O que restara de tão longe? o que restara da Grécia? a insistência: pois que ela ainda apontava.

Depois, com um suspiro, deitou-se no jardim para repousar, repetindo o ritual. E assim ficou.

Enquanto sonhara, já se passara muito tempo sobre o rosto. Esfarelara-se gasto um detalhe mais vivo, e a evidência da expressão. Os lábios de pedra haviam-se crestado e a estátua jazia nas trevas do jardim.

Só um desastre faria encher-se de sangue e pudor aquela cara deteriorada que atingira o cinismo da eternidade. E que nem o amor decifraria. As órbitas vazias. Ela mesma endurecida num só pedaço – se a pegassem por uma perna deslocariam o corpo todo, agora facilmente transportável. E assim a tinham pousado. De cabeça para baixo e pés juntos para cima.

Até que, cada vez mais roída pelo tempo, ela se erguesse um dia para continuar seu trabalho incompleto em outra cidade.

Quando todas as cidades fossem erguidas com seus nomes, elas se destruiriam de novo porque assim sempre fora.

Sobre os escombros reapareceriam cavalos anunciando o renascimento da antiga realidade, o dorso sem cavaleiros. Porque assim sempre fora.

Até que alguns homens os prendessem a carroças, outra vez erguendo uma cidade que eles não entenderiam, outra vez construindo, com habilidade inocente, as coisas. E então de novo se precisasse de que um dedo apontando lhes desse os antigos nomes. Assim seria pois o mundo era redondo.

Mas por enquanto ela ainda podia repousar.

Na fria escuridão entrelaçavam-se gerânios, alcachofras, girassóis, melancias, zínias duras, ananases, rosas. Da barca soterrada na areia, só aparecia a proa. E, na porta mutilada, velava a cabeça de um galo. Só com o amanhecer se veria a coluna partida. E as moscas. Em torno do capitel, a débil e brilhante germinação dos mosquitos.

Mas de súbito alguma coisa se corrompeu: nasceram novos mosquitos – um pardal voou! oh, é cedo ainda, é cedo demais! porém na escuridão já se vislumbravam os olhos da estátua.

Ela teria que se erguer – oh é cedo ainda, tão bom o repouso! mas já se adivinhava o mastro quebrado saindo da bruma e já se pressentia aonde terminaria o muro do jardim. Em torno da cabeça da estátua já voejava a primeira abelha, saída dos lábios duros. E mais além emergia dos vapores, o galo. O tesouro. Oh é cedo ainda, é cedo demais! porém a pedra fora ferida pelo cinzel: amanhecia.

E da boca enegrecida, em breve suspiro, nasceu o primeiro halo de umidade.

Agora, no jardim, nem escuridão nem claridade – frescura. A brisa sobre o rosto mutilado entre as latas.

Nem escuridão nem claridade – aurora. Há três reinos na natureza: animal, vegetal e mineral. E entre as latas enferrujadas o pavão se abria... Nem escuridão nem claridade – visibilidade.

Quando se poderia mais do que isso? A cabeça do cavalo comia as alcachofras. E na areia mais clara revelava-se o crocodilo adormecido... nem trevas nem luz – visibilidade. A manhã no Museu. E o tesouro. O tesouro.

Lucrécia Neves estremeceu afinal.

No sono penosamente erguia-se, com o rosto arruinado pelo subúrbio. Até que as mãos apodrecidas tocaram nas grades do parque de S. Geraldo. Lá ficou esperando, a cara passiva colada às barras. Numa cavalariça mexeu-se o peso adormecido de patas, a água crispou-se além da Cancela. Sob os estremecimentos cambiantes da claridade até seus sinais já apareciam no rosto. A aurora – o leão caminhava na jaula. A aurora.

Então Lucrécia bateu asas.

Com batidas monótonas e regulares voava na escuridão sobre a cidade.

Dormia com batidas monótonas, regulares.

No meio do sono, ainda num lance de ferocidade, Lucrécia Neves ergueu-se e percorreu o quarto sobre as quatro patas, farejando a escuridão. Que quarto? aquela moça parava doce sobre as patas. Que quarto! movia a cabeça de um lado para outro com paciência.

Enfim recolheu-se para dormir.

A cor do aposento atingia agora uma neutralidade aguda. Nem escuridão nem claridade – visibilidade. Os edifícios altos e madrugadores. Pela janela o vento gelava os cabelos e nada mais adejava no quarto. O sobrado cheirava todo a árvore velha. De súbito, sacolejada dentro do cabriolé, com seriedade assombrada, ela adormeceu. Passara o perigo.

Acordou com a marcha militar dos escoteiros! tambores rufavam entre as cestas de peixe.

Acordou atrasada, os cavalos já prontos em linha de partida. Os grandes ouvidos leguminosos do sono se reduziam rapidamente a orelhas pequenas e sensíveis – também a alegria dos escoteiros de S. Geraldo condensou-se até se precisar em abelhas minuciosas.

O que fora úmido, secara da chuva. A moça encontrou as coisas já empalhadas pelo sol seco. Onde estava a tempestade da noite anterior? pela janela via calmas tropas de centauros avançarem nas nuvens, arrastando os majestosos posteriores. E do lado do campo bandos de corvos grasnavam alto anunciando bom tempo...

Na rua o cortejo – era o trombone. Os sons animavam o cheiro de peixe, passeavam focos luminosos por entre os ramos das árvores. A moça olhava as roupas espalhadas, o quarto ainda enorme.

Mas no meio da sua incompreensão a marcha militar era de uma realidade espantosa. Fios de telegrama passando pela varanda aberta e todo o seu agudo prosseguimento tinha uma iminência – o dia!

A moça ainda suspensa no quarto. Às vezes dando-lhe pequeno impulso, balançando-se nele. Olhando de cima para baixo, da cama dependurada no chão; nunca fora hoje até então.

O guarda-roupa descomunal da noite, agora já apequenado, fervilhava de roupas e chapéus. A claridade cheirava a folhas cortadas: estavam podando as árvores na rua do Mercado, e as tesouras erguiam poeira como de uma construção – S. Geraldo estava enorme, cheio de escadas encostadas aos troncos das árvores, os móveis sacudidos por uma violência constante que eram: nove horas da manhã!: começou o relógio da torre a bater, e a moça espirrou.

Atravessado o túnel sacolejante que se abria enfim num quarto de sobrado – agora ela espiava já desperta, arguta, Lucrécia – uma estrangeira apenas protegida por uma raça das pessoas iguais, espalhadas nos seus postos.

Duas ruas além três mulheres de pedra sustentavam a porta de um edifício moderno. Os fios telegráficos fremiam em pontos e traços... Num salto Lucrécia Neves estava à varanda, as mãos contendo contra as pernas a camisola que o vento soprava.

De início não pôde abrir bem os olhos por causa do sol mas em breve lá estava o prédio tranquilo da Liga Comercial. Os telhados expostos. Caliças esfareladas nos muros... Na claridade um pedreiro sacudia-se todo na sua broca, solapando calmamente o subúrbio por uma de suas pedras. Pessoas olhavam as vitrinas... Que sucedera com a cidade da noite anterior?!

Como um morcego a cidade era cega de dia.

6. ESBOÇO DA CIDADE

Nesse dia aconteceu a Lucrécia Neves estar na cozinha às duas horas da tarde. Ana saíra para fazer compras, e o silêncio espalhava-se em vigília pelo sobrado. Muitas vezes já sucedera à moça lavar os pratos do almoço enquanto a mãe fazia compras. Era um dia igual aos outros. E talvez por isso mesmo é que, num amadurecimento, esta tarde se aclarava particularmente pelas venezianas das janelas. Onde a luz não conseguia penetrar, havia inquieta escuridão: a casa fremia toda.

O que sucedeu nesta tarde ultrapassou Lucrécia Neves numa vibração de som que se confundisse com o ar e não fosse ouvida.

Foi assim que ela escapou de saber. A moça tinha sorte: por um segundo sempre escapava. Verdade era que, pela diferença deste segundo, outra pessoa de súbito compreenderia. Mas era verdade também que pelo mesmo segundo outra pessoa seria fulminada: S. Geraldo estava cheio de pessoas fulguradas que se sacolejavam plenas de alegria no carro de socorro do Hospício Pedro II.

O principal era mesmo não compreender. Nem sequer a própria alegria.

Água escorria da bica e ela passava o pano ensaboado nos talheres. Da janela via-se o muro amarelo – amarelo, dizia o simples encontro com a cor. Esfregando os dentes do garfo, Lucrécia era uma roda pequena girando rápida enquanto a maior girava lenta – a roda lenta da claridade, e dentro desta uma moça trabalhando como formiga. Ser formiga na luz, absorvia-a inteiramente e em pouco, como um verdadeiro trabalhador, ela não sabia mais quem lavava e o que era lavado – tão grande era a sua eficiência. Parecia enfim ter ultrapassado as mil possibilidades que uma pessoa tem, e estar apenas neste próprio dia, com tal simplicidade que as coisas eram vistas imediatamente. A pia. As panelas. A janela aberta. A ordem, e a tranquila, isolada posição de cada coisa sob o seu olhar: nada se esquivava.

Quando procurava outro pedaço de sabão, não lhe ocorreria não achá-lo: lá estava ele, à mão. Tudo estava à mão.

O que era tão importante para uma pessoa de algum modo estúpida; Lucrécia que não possuía as futilidades da imaginação mas apenas a estreita existência do que via. Ah! gritava um pássaro no quintal da loja.

Sem pintura o rosto perdia os vícios de que em outros momentos Lucrécia Neves precisava para se dar certo peso neste mundo. Com o rosto nu, também ela avançaria se chamassem as criancinhas. Toda iluminada, toda medida pelas duas horas. Ah! cortava o pássaro no quintal. No fundo mesmo, ela se julgava uma deusa.

Foi talvez para exprimir sua divindade que a moça parou cansada, enxugando o suor da testa com o braço que segurava o prato.

Passeando o olhar pelo vasto subúrbio ensolarado. Lá estavam as coisas recortadas, e sem sombras, feitas para uma pessoa se aprumar ao olhá-las. Com o prato na mão, seu instrumento de trabalho, gostaria de exprimir talvez à mãe, por exemplo, como sua filha estava... estava...

Olhou um pouco intrigada aquelas coisas iluminadas ao seu redor, forçando-se agora a exteriorizar, com um pensamento mesmo, o que sucedia fora dela.

Nada acontecia porém: uma criatura estava diante do que via, tomada pela qualidade do que via, com os olhos ofuscados pelo próprio modo calmo de olhar; a luz da cozinha era o seu modo de ver – as coisas às duas horas parecem feitas, mesmo na profundeza, do modo como se lhes vê a superfície. Bem desejaria contar algo dessa claridade a Ana ou a Perseu.

Mas, desamparada, forte, estava de pé. Remoendo sua dificuldade de raciocinar.

Naquela deusa consagrada pelas duas horas, o pensamento, quase nunca utilizado, primarizara-se até transformar-se num sentido apenas. Seu pensamento mais apurado era ver, passear, ouvir. Mas seu tosco espírito, como uma grande ave, se acompanhava sem se pedir explicações.

E quanto a contar a Perseu o que sucedia – tudo era simples demais, até mesmo estúpido: ela estava apenas construindo o que existe. O quê! ela estava vendo a realidade.

Além disso como contar a Perseu ou mesmo conseguir pensar, se tudo aquilo era feito de coisas das quais se se quisesse pedir a prova... Para mantê-las, era preciso apenas acreditar e mesmo não se dirigir a elas – toda a cozinha era uma visão de lado. Cada vez que se voltasse para o lado, a visão estaria de novo de lado. Era assim que a moça sustentava a iluminação das duas horas – erguendo agora a cabeça a um ruído, e agora correndo através da casa até a varanda, chamada pelo barulho de muitos passos na rua.

Abriu as portinholas da varanda, viu seminaristas caminhando na calçada, em fila de dois e vagos gestos, o voo das batinas... Serão felizes? perguntou-se sonsa. Às vezes Lucrécia Neves era terrivelmente inteligente. Riu-se. Olhou a loja defronte.

E olhou um segundo andar que o sol aclarava em cheio. Uma das mil casamatas da estúpida cidade iluminada.

Mas que orgulho ver em que ponto estava o seu perfeito sistema de defesa. Quem sabe se um dia carros blindados se postariam em cada esquina. Aquele baluarte. A glória de uma pessoa era ter uma cidade.

E agora, depois de atravessar de novo os corredores em penumbra, a cozinha se abria em salão.

Um minuto a mais já a transformara: agora o modo de olhar anterior não servia. Essas mudanças pareceram deixar Lucrécia satisfeitíssima e a moça olhava as panelas tão belas, tão desinchadas.

Oh, nunca precisaria mais do que disso tudo, o extraordinário nunca a tentaria, nem as imaginações: na verdade gostava do que está ali.

Essa era a questão, "a coisa que está ali". Não se poderia senão: ultrapassá-la. E para ultrapassá-la, ter que considerá-la uma suposição. Mas volta e meia, não era mais hipótese: era a coisa que está ali. Lucrécia costumava até contar anedotas, mas fingindo-as verídicas! e as pessoas riam muito mais, se pensassem que era verdade – tanto espantava o irremediável.

Em certos fatos ela acreditava, em outros não – não acreditava que nuvens fossem água evaporada: para quê? pois se lá estavam as nuvens. Nem chegava a gostar de assuntos de poesia. Gostava mesmo de quem contava como as coisas eram, enumerando-as de algum modo: era isso o que sempre admirava, ela que para tentar saber de uma praça fazia esforço para não sobrevoá-la, o que seria tão mais fácil. Gostava de ficar na própria coisa: é alegre o sorriso alegre, é grande a cidade grande, é bonita a cara bonita – e era assim que se provava ser claro apenas o seu modo de ver.

Até que, uma vez ou outra, via ainda mais perfeito: a cidade é a cidade. Faltava-lhe ainda, ao espírito grosseiro, a apuração final para poder ver apenas como se dissesse: cidade.

Depois que guardou os pratos enxutos é que se iniciou a verdadeira história desta tarde.

História que poderia ser vista de modos tão diversos que a melhor maneira de não errar seria a de apenas enumerar os passos da moça e vê-la agindo assim como apenas se diria: cidade.

O fato mesmo é que Lucrécia Neves se inclinara para sacudir a vassoura no quintal da loja. E sobre o parapeito da janela da "Gravata de Oiro" estava a laranja no prato.

Era um novo modo de ver; límpido, indubitável. Lucrécia Neves espiou uma laranja no prato.

Mais adiante havia o depósito de garrafas, o caixote de madeira, o livro apodrecido de contadoria, um pano sujo e de novo a laranja. O olhar não era descritivo, eram descritivas as posições das coisas.

Não, o que estava no quintal não era ornamento. Alguma coisa desconhecida tomara por um instante a forma desta posição. Tudo isso constituía o sistema de defesa da cidade.

As coisas pareciam só desejar: *aparecer* – e nada mais. "Eu vejo" – era apenas o que se podia dizer.

Indo depois guardar o pano de pratos, parando agora um momento diante da alcova de Ana, fechada a chave.

Olhando agora pelo buraco da fechadura. Como as coisas pareciam grandes vistas pelo orifício. Adquiriam volume, sombra e claridade: elas *apareciam*. Pelo buraco da fechadura a alcova tinha uma riqueza imóvel, pasmada – que desapareceria se se abrisse a porta.

Também a cidade deveria ser espiada por uma seteira. Assim quem espiasse se defenderia, como a coisa espiada. Ambos fora de alcance. Assim Lucrécia espiava curiosa pela seteira, quase acocorada junto à fechadura. Dentro de uma atenção máxima ela era inconsciente.

Aprumando-se agora com dor nos rins, indo à varanda dos fundos, e estendendo a toalha úmida.

E vendo o muro cortado pela rasa varanda de ferros limpos. Acontecia alguma coisa.

Olhando, a moça parecia procurar impedir que existisse o muro alto com a varanda, de tal modo nada se podia fazer deles – só ver-lhes inexplicavelmente a existência. Respirou calma, sem exagero.

Tudo o que via se tornava real. Olhando agora, sem ânsia, o horizonte cortado de chaminés e telhados.

O difícil é que a aparência era a realidade. Sua dificuldade de ver era como se pintasse. De cada parede com um cano nascia algo irredutível – uma parede com cano. Os canos: que insistência. Quando era um cano pesado seria: parede com cano pesado. Não havia erro possível – tudo o que existia era perfeito – as coisas só começavam a existir quando perfeitas.

Abrindo agora o porão embutido, procurando um lugar para guardar a vassoura, olhando. Acontecia alguma coisa naquele canto: acontecia um tubo de borracha ligado a uma torneira quebrada, um casaco velho pendurado no fundo, e fio elétrico enrodilhando um ferro.

Os materiais da cidade! Ela estava olhando as coisas que não se podem dizer. Certos arranjos de forma despertavam-lhe aquela atenção oca: os olhos sem piedade olhando, a coisa deixando-se olhar sem piedade: um tubo de borracha ligado a uma torneira quebrada, o casaco pendurado atrás, o fio elétrico enrodilhando um ferro. Ver as coisas é que eram as coisas. Ela batia a pata paciente. Procurava, como modo de olhá-las, ser de certa maneira estúpida e sólida e cheia de espanto – como o sol. Olhando-as quase cega, ofuscada.

Através de anos de obstinação, acentuara-se nesse seu modo de olhar o que nele havia de rudemente espiritual. Estava bruta, de pé, uma besta de carga ao sol. Essa era a espécie mais profunda de meditação de que era capaz. Bastava aliás refletir um pouco, e tornava-se impermeável, o olho sonolento como modo aberto de ver as coisas. Apenas o modo, não a posse; mudando de vez em quando a posição das pernas.

Sei o que você está tentando: você está tentando ver a superfície mas tem voz rouca, pensou ela tão profundo e desconhecido que parecia ter ido a um descampado para pensar, de lá voltando rapidamente a fim de prosseguir.

Podia-se pensar tudo contanto que não se soubesse. Embora ainda fosse arriscado. Oh, mas ela tomava cuidado.

A cautela consistia em não ter ideia do que fazia; chamava seu olhar de "estou guardando a vassoura"; e esta precaução bastava. "Guardando a vassoura" olhava o vão do porãozinho enquanto, a um bonde, o sobrado se sacudia todo em bibelôs, paredes, vidros claros e escuridão.

Mesmo o erro era uma descoberta. Errar fazia-a encontrar a outra face dos objetos e tocar-lhes o lado empoeirado.

Espiando. Porque alguma coisa não existiria senão sob intensa atenção; olhando com uma severidade e uma dureza que faziam com que ela não buscasse a causa das coisas, mas a coisa apenas. Severa, curta, rouca, real, mergulhada em sonho.

De repente, como se eriçasse as penas, espantando-se: porque eram coisas intransformáveis! estritas! inconsumíveis pela atenção! "A coisa que está ali" era a derradeira impossibilidade.

E atrás a cal da parede.

Que cidade. A cidade invencível era a realidade última. Depois dela haveria apenas morrer, como conquista.

Mas em nome de que rei ela era uma espiã? sua paciência era horrível. Seu medo era o de ultrapassar o que via. Espiava os canos, o casaco e os fios elétricos: tinham a beleza de um aeroplano. Bonitos como óculos – ela bateu as pálpebras.

Ao mesmo tempo mal tomava conhecimento, às vezes se coçando quase irônica – não tinha o que fazer até arranjar casamento. Apoiada sobre uma anca. Oh, tinha apenas pousado por ali um instante. Nada disso lhe concernia; olhava desvencilhada, um pouco insolente.

E, se alguém pensasse que chegara o momento de dar um grito para assustá-la – espantar-se-ia ao vê-la voltar a cabeça e espiar calma, ligeiramente sarcástica, bem nos olhos de quem desejara assustá-la. Assim era Lucrécia Neves, batendo pálpebras.

E afastando-se agora com uma lembrança indecifrável. Toc, toc, toc, andara erecta. Toc, toc, toc – era o seu modo de reduzir todas as coisas exteriores a um ruído infantil e mecânico com os saltos das ferraduras. A visão do porão embutido tivera o mesmo caráter de um dia ela ter tomado um bonde! Ou ir ao dentista. Bonito como uma motocicleta – ela batia palmas.

Foi então à varanda dos fundos, estendeu o pano de pratos, olhou o quintal – ninguém aproveitava tanto de uma cidade deserta como Lucrécia Neves, e sem tirar uma migalha para si mesma. Sem tocar, sem transformar: olhando o quintal da loja, debruçando-se toda. Entre as ruínas viu a lagartixa fugindo e levantando poeira!

Faltava a parte mais difícil da casa: a sala de visitas, praça de armas.

Onde cada coisa esperta existia como para que outras não fossem vistas? tal o grande sistema de defesa. Começou por tomar cuidado, protegendo-se com o pensamento de que lá entrava para descansar um pouco, mamãezinha, porque lavei todos os pratos, estou exausta.

A varanda estava aberta. E no centro a mesinha sobre as pernas. As cadeiras em guarda. Oh, as infinitas posições da sala, como se alguém se deitasse no chão e olhasse no teto a lâmpada oscilar... podia-se ter uma vertigem à orla de um bibelô. E eram sempre as mesmas coisas: torres, calendários, ruas, cadeiras – porém camufladas, irreconhecíveis. Feitas para inimigos.

As coisas eram difíceis porque, se se explicassem, não teriam passado de incompreensíveis a compreensíveis, mas de uma natureza a outra. Somente o olhar não as alterava.

Sob as rodas de uma carroça, o espelho da parede refletiu-se em claro e luz. Mas aos poucos a sala ferida deixou de soar, enquanto Lucrécia se acalmava. Olhando as unhas: era isto o que estava fazendo, essas unhas embotadas pelo sabão.

E, tudo aquilo que se retraíra com tanta reserva à sua entrada, recomeçou a respirar cheio de madeira, porcelana, verniz gasto e sombra. No espelho flutuava o conhecimento de toda a sala.

A flor! as flores se exprimiam em pétalas, a cortina avançava até o meio da sala. Ana retirava cada dia a poeira mas a calma penumbra ela não conseguiria espanar – e a sala envelhecia com os bibelôs gelados.

Porque Lucrécia Neves não os entendia, não sabia como olhá-los: procurava um modo, outro, e de repente: lá estavam os bibelôs. Quase a palavra: os bibelôs. Como dizer que os bibelôs estavam ali? ah! fitou ela com brutalidade essas coisas feitas das próprias coisas, falsamente domesticáveis, galinhas que comem por vossas mãos mas não vos reconhecem – apenas emprestadas, uma coisa emprestada à outra e a outra emprestada à outra. Conservando-se sobre as prateleiras ou mantendo-se indiferentemente no chão e no teto – impessoais e orgulhosas como um galo. Pois tudo o que fora criado fora ao mesmo tempo desencadeado.

Então Lucrécia, ela própria independente, enxergou-as. Tão anonimamente que o jogo poderia ser permutado sem prejuízo, e ser ela a coisa vista pelos objetos.

Não fora em vão que se expusera tantas vezes no morro do pasto à espera de sua vez.

Porque agora parecia ter enfim atingido em si o máximo das coisas tranquilas sob o olhar. Avançando com majestade a própria estupidez até o ponto mais alto da colina, a cabeça dominando o subúrbio.

O que não se sabe pensar, se vê! a justeza máxima de imaginação neste mundo era pelo menos ver: quem pensara jamais a claridade? pelo menos Lucrécia via e batia a pata.

Experimentando alegria tão exterior que já era a alegria dos outros que ela sentia, deus impessoal para quem as nuvens fossem um modo dele não estar na terra e as serras o modo dele estar mais longe.

A alegria da moça era assim: As flores no jarro. Uma era vermelha. Tinha o talo fraco. Uma era cor-de-rosa. Era pequena. Sobre o chão empoeirado suas pernas pousando. Uma flor se dobrava ao peso da corola da flor. A janela retangular. Vazia na parede. O bibelô estendia a flauta. A flor maior era pálida, de corola grossa.

Talvez Lucrécia não estivesse alcançando o que estava ao seu redor, e tivesse apenas atingido um passo antes da evidência da sala – mas este é o lugar onde estão as coisas. O canto da sala escuro. A parede inclinada para trás. O teto formado de tábuas leves, sujas. A estante. A porta. O chão. O ângulo. O relógio. Flor, jarro, teto, chão, veneziana. E, arremessado de longe, um objeto confuso que à frente da cara se formou nítido e engrandecido: a cadeira perfeita.

Lucrécia Neves olhou-a e fez com o rosto, imperceptivelmente, a expressão da cadeira.

O pensamento neste instante era afinal muito inocente e visível: um pensamento com quatro pernas, um assento e um espaldar. Com esta reflexão parecia ter possuído até o fim a perfeição das coisas.

Se não pudera atravessar os muros da cidade, pelo menos fazia agora parte desses muros, em cal, pedra e madeira.

Então, de posse do gesto aprendido na noite de chuva, com a mão esquerda estendida e o pé avançando – ela o executou delicada, rígida. Apontando com graça e exatidão.

Oh, apenas uma dessas piruetas de moça casadoura. São tão alegres. Às vezes fazem as cambalhotas mesmo na frente dos outros, e riem muito depois.

Mas desta vez Lucrécia soube ainda menos que o caixeiro-contador: acabando de limpar as unhas, esfregou-as no couro da poltrona, verificou o brilho que o sabão empanara, bocejou e saiu.

7. A ALIANÇA COM O FORASTEIRO

mas de manhã, ao café, tudo era amarelo e quando uma filha tomava café e a fumaça saía da xícara, flores amarelas tinham-se espalhado sobre a mesa, e uma mãe sentada à cabeceira era a dona desta casa: Ana reinava.

O papel florido da parede como amanhecia velho. Quando Ana se sentava, os cabelos mal entrançados se engastavam no papel de margaridas cor-de-rosa, nos talos verdes, nos pontos roxos – mas tudo era castanho. Durante o relento da noite haviam crescido pelos aposentos árvores copadas que se sacudiam num cheiro de parque molhado – a fumaça saía do bule enegrecendo a casa em sonho.

Ana apanhava as migalhas de biscoito ao redor da xícara e metia-as com avareza na boca, sem jeito como num hospital. Não se diria que, se concentrando em pequenos atos, ela gozava a manhã no sobrado, aplicando-se com miopia nas coisas, manuseando o biscoito, assoando o nariz, a lavar-se com cuidado; sua vida tinha às vezes esta delicadeza.

Enquanto, fora, os ruídos da rua iam se animando, o cheiro de estábulo agitando-se aos primeiros ventos, e os sons se entrançando como paredes se constroem: a cidade ia imperceptivelmente se reconstruindo.

Mas Lucrécia mal ajudava a alegria matinal da viúva. O capote curto, recuando-a à época de crescimento, a moça se relaxava com os cotovelos apoiados sobre a mesa, desfeita, grande.

E se falavam, em todo pensamento havia quase sensível um engano e um sonho, do bule saíam vapores enegrecidos; mas elas eram a mãe e a filha, dando-se como mãos se dão; e, embora se julgassem excepcionalmente argutas, nunca tentavam prová-lo.

– Você hoje não vai sair, vai, Lucrécia?
– Talvez sim, talvez não.
– Você está-se aborrecendo, por que não se ocupa?
– Se fosse uma só vez e acabar, respondia a moça de súbito íntima, a força se escapando – mas ocupar-se todos os dias!

"Ela está precisando casar", pensou Ana, e era verdade.

– Você deve sossegar, disse Ana volutuosa de tê-la para si durante uma manhã inteira, você sempre foi assim, desde que me lembro, se tivesse feito um diário você veria, minha filhinha.

Um diário, dizia ela como uma pessoa que estivesse ao par do que acontecia no mundo... Lucrécia olhou-a com admiração.

Mas em breve abaixava os olhos sobre a xícara pensando no que Ana não dissera, talvez adivinhando o projeto de casamento.

O assunto, precipitado pela compreensão da moça, tornou-se então fácil de abordar.

– Você tem passeado com muitas pessoas, só Mateus é que não tem visto, não é, filhinha... é verdade que ele é muito mais velho...
– Por isso não... pelo contrário... Ah, Mateus é de outro meio, mamãe! vem de outra cidade, tem cultura, sabe o que se passa, lê jornal, conhece outra gente...
– ... faz bons negócios, disse Ana com fraqueza.
– É, assentiu Lucrécia, é...
– E como não vou viver a vida inteira...
A que vida inteira se referia senão à própria? e como não viver a própria vida inteira mesmo que se morresse a qualquer instante? Lucrécia Neves refletia.
– Se você casasse com ele teria muitas coisas, chapéus, joias, morar bem, sair deste buraco... ter uma casa bem guarnecida,... continuou Ana horrorizada com o caminho que afinal tomara, a mão subindo ao pescoço.
Lucrécia Neves olhou-a com espanto, fingido, como se fosse inocente demais para compreender – em breve rindo desagradável, enquanto seu desejo seria o de enfim virar as costas a S. Geraldo. Sem sentir já esboçava o movimento de liberdade, quando encontrou o olhar de Ana.
A simplicidade da mãe a envergonhava – se casasse com Mateus como colocar Ana, tão inexperiente e pensativa, e tão delicada, no meio luxuoso em que viveriam? a mãe teria "medo".
– Você não comeu nada..., dizia Ana ofendida olhando o biscoito intacto.
Em vez de responder, Lucrécia levantara-se e já subia os três degraus de cimento, atravessava o corredor e penetrava na sala de visitas abaixando a cabeça para passar sob a porta, embora esta fosse mais alta que ela: imitando, em recompensa obscura, o hábito do pai morto e alto.

Mal se sentara com o bordado nas mãos, a porta se abria e o rosto de Ana apareceu a meio, sorrindo confusamente como a face que se vê na lua...

— ... nem leite você tomou...

— Já tomei, mentiu ela. — Ana sabia-o, porém nunca se aproximaria de suas mentiras.

— Está bem, respondeu — hesitava à porta esperando que Lucrécia a quisesse.

Mas esta sorriu finalizando, e Ana repetiu: está bem, minha filha, fechando a porta com um suspiro.

A pobre mulher odiava S. Geraldo e já se teriam mudado se, dizia em reprovação, Lucrécia não fosse tão patriota. Mesmo o sobrado cheirava à cidade, e isso ambas sentiam, Lucrécia rejubilando-se, Ana querendo falar o dia inteiro para escapar.

Porque uma ou outra vez haviam se comovido juntas diante de alguma desgraça alheia — que despertava enorme interesse em Ana, contanto que não tivesse sucedido em S. Geraldo — agora a mãe vinha sempre com o jornal na mão, olhando a filha bem nos olhos: uma criança em F..., de dezoito meses, engolira um feijão branco e sufocara. Pobre criança, suspirava com atenção, pelo menos esta não sofre mais. Lucrécia se remexia atingida.

E agora de novo a porta se abria, interrompendo-lhe o bordado. Ana disse irônica: Perseu de novo...

Este apareceu logo em seguida como se escutasse à porta.

Entrou olhando em torno com indiscrição; os belos olhos estavam móveis mas a boca fechava-se como se ele guardasse algo para mais tarde. Bem verdade é que de manhã ele era sempre bonito e esperto. Mas Lucrécia, muito desconfiada, percebeu que dessa vez era porque ele resolvera mudar de atitude. De que modo, ela não sabia; nem Perseu aliás.

– Bom dia, disse o rapaz somente quando a porta se fechou, como se Ana não devesse ouvir este segredo.
Ninguém lhe respondeu. Lucrécia Neves olhava-o dando-lhe a entender, que se mudasse de atitude, estaria sozinho. Perseu Maria não pareceu se perturbar, puxou uma cadeira e sentou-se erecto à sua frente – transformando a sala tranquila num nó.

Depois, com calma insultante, olhou tudo um pouco, fitou mesmo as pernas de Lucrécia, o que a encheu de raiva – ele porém fingiu desinteresse e rapidamente examinou as orelhas da moça. Estas saíam de dentro dos cabelos escuros em orelhas de asno e pareciam ouvir de longe com insolência.

Mas não se pronunciou nenhuma palavra. Ela não o fitava sequer. Perseu, não se confundindo, continuou a examinar em torno, parando o olhar sobre um ou outro bibelô como se de repente os estranhasse e ao mesmo tempo soubesse lidar com eles – tinha jeito para mecânica e a tudo queria aplicar as mãos pesadas. Afinal percebeu que Lucrécia o observava e perturbou-se:

– São seus..., perguntou apontando com o rosto.
– Da sala.

Ele a olhou com surpresa e alegria:
– Que tolice! as coisas são de pessoas!
– Da sala, resmungou Lucrécia Neves.
– E a sala, filhinha?
– É da casa, a casa é de S. Geraldo, não me aborreça.
– Ah. E São Geraldo?
– É... É de S. Geraldo, me deixe.
– Está bem, está bem! não precisa gritar.

Assim pois era verdade: ele mudara de atitude.
– Da sala, já disse, repetiu dura porém mais cautelosa.

De novo ele pareceu não se alterar e apenas ajeitou-se melhor na cadeira.

– Ontem demos um passeio.

– Demos quem, desconfiou a moça.

Os olhos do rapaz brilharam de riso inteligente:

– Quem? ora! o passeio deu o passeio!

Como ele compreendera depressa! ela apressou-se em corrigir:

– O que eu disse era brincadeira, sabe, às vezes até brinco que os bibelôs são de S. Geraldo, imagine. Mas eles são das pessoas, naturalmente, que bobo que você é – e como lhe custasse mentir tanto, acrescentou rindo – mas ninguém sabe de quem, rapaz...

– Eu sei, disse Perseu por dizer.

Vendo porém o olhar de curiosidade que lhe era lançado, ergueu-se como um demônio num ímpeto de alegria, encostou-se à parede preparando-se para fugir se necessário:

– Pois eu sei, *eu* sei!

– Você está mas é ridículo!

Embora realmente humilhado com a ofensa, o rapaz não se afastou de sua posição à parede, os braços separados em cruz – apenas encolheu-se um pouco e entortou a cabeça, ferido. "*Eu* sei", repetiu desta vez em cólera.

– De quem são? perguntou ela afinal com esforço.

Ficaram um momento em silêncio, fitando-se.

– De Deus, por exemplo,... disse Perseu, também ele decepcionado, encolhendo os braços e diminuindo.

Mas era ela agora quem parecia prestes a avançar, eriçada.

– Não são nem de Deus, são deles mesmos, idiota!

– Está bem, está bem! espantou-se o jovem.

Ficaram em silêncio cuidadoso. Sem fazer barulho, ele voltou à cadeira evitando ofendê-la com um olhar.

Afinal, quando imaginou que tudo já deveria ter-se acalmado, ergueu precavido os olhos.

Com surpresa viu que Lucrécia Neves não só se refizera como estava soberbamente sentada.

Sentindo-se observada, a moça imaginou que seria o momento de anular os projetos de modificação do rapaz, se é que ele já não estava vencido. Toda tranquila e indiferente, começou a espiar a própria mão como se esta não lhe pertencesse, fazendo-a virar e revirar-se e mexer dedos em aceno ou corrê-los em ratos sobre o braço da poltrona: demonstrando a Perseu sua capacidade de malabarismo. Quando enfim recebeu dele o antigo olhar que dizia aterrorizado: você é extraordinária!, abandonou-se saciada.

Mas era ele agora quem não a abandonava.

Fitava-a disfarçado, quase podendo pular sobre ela.

Lucrécia Neves o irritara. Poderia um dia casar com ela e transformá-la, como um homem pode dar uma surra numa mulher; mas ainda tinha a delicadeza de deixar esse trabalho para um outro.

O que não o impedia de estar tão enervado que seria capaz de, numa grande e única braçada, quebrar aqueles sujos bibelôs!

Neste momento o rapaz pareceu compreender que ela gostava muito deles, e detestou-a e detestou-os, pois então! ele era um homem! não suportaria por mais tempo as delicadezas, e varreria num só gesto as mulherezinhas inteligentes de S. Geraldo, seus bibelôs, seus caprichos – e ficaria só.

Era este o cruel desejo do rapaz, olhando-a com ferocidade. Lucrécia, ameaçada, crescia em defesa, ambos fitando-se em raiva, mas a verdade se transformando sorrateira: ele de testa enrugada, ela já assustada, ele masculino, ela feminina, uma leve, outro pesado, ela ruim e ele bom. Percebendo antes dele a situação em que estavam, a moça olhou-o em desafio. Perseu recuou.

Ambos se fitaram decepcionados e atentos.

Oh, ele bem a queria, sentiu Perseu; de súbito ela lhe era necessária assim como a moça parecia precisar de móveis, de bibelôs; ele precisava dela para que ela concretizasse alguma coisa com sua presença? num movimento fugitivo, quase negativo, foi assim que ele a compreendeu por um instante.

Enquanto Lucrécia reinava olhando as unhas. Um dia ele tocara-lhe os ombros para mostrar-lhe alguma coisa e sentira os ossos daquela que se julgava uma rainha...

Começou depressa a contar-lhe os planos que fizera para um passeio, motivo afinal de sua visita matutina:

– Tomamos o bonde no mercado, saltamos na segunda praça, de lá pegamos o caminho do...

Em breve, interessada, ela seguia o plano.

E em breve, ambos distraídos, de novo pareceram pensar na mesma coisa, no amor falhado há poucos minutos – e ela nunca perdoaria.

E ele sabia ter feito o que devera para poder continuar seu lento caminho que o chamava mais do que uma mulher. Mas tinha vergonha de ter acertado.

Calaram-se ao mesmo tempo. A moça examinava as unhas, o rapaz os sapatos.

– Esta manhã eu estava dormindo – disse ela de repente como uma criança – quando uma coisa me acordou, mas depois fui adormecendo, e sonhei que alguém dava a cada pessoa o sono perdido, para a gente recuperar, sabe? então me perguntavam se para mim era mil ou dois mil anos de sono, aí eu dizia dois mil, então me fechavam de novo os olhos e aí eu...

– Mas quem? interrompeu Perseu Maria mexendo-se na cadeira.

– Quem como? perguntou enervada. Não disse que era "alguma coisa"? – pois então – continuou sorrindo de novo em gula e pressa – eu fechava os olhos e ia voltando, voltando, até que isso era eu dormindo, quer dizer – e ela se irritou por ter que explicar mesmo sem ele indagar – isso era eu estar dormindo. – Parou decepcionada. – E você? perguntou depois da pausa numa rivalidade que a curiosidade vencia.

– Nada, não sonhei nada! respondeu ardente, tão inquieto ficava com os sonhos de Lucrécia Neves.

Desiludida, ela fitou-o procurando ler naqueles olhos doces, naquela figura tímida e morena onde, o que haveria de feiura, era beleza na rua do Mercado. Talvez nunca encontrasse outro homem tão bonito, pensou com pena abaixando os olhos para esconder certa avidez:

– Se minha mãe morresse eu ia morar com você.

– Como!

A mocinha desceu do próprio olhar absorto e conseguiu fitá-lo no meio da imaginação:

– Nós não vamos casar, mas somos como noivos.

E assim era. Ele se espantou com admiração: "é mesmo", murmurou olhando para o teto, a boca em forma de assovio.

– Que é que você acha, devo ir embora? perguntou afinal, miserável.

– Vá sim, disse ela com muita delicadeza.

Como ele não se levantasse Lucrécia Neves acrescentou gentil:

– Mamãe cortou o dedo sabe com quê?

– Com quê...?, perguntou em desconfiança.

– Com papel... Era papel fino. Deu um talho que a carne nem pulou. Só riscou e saiu sangue.
– Mentira, disse ele sabido.
– Você sempre acha que é mentira o que você não acredita, respondeu a moça com altivez. Até se pôs desinfetante. Papel também corta, rapaz, pergunte a seu pai...
– ... Vou embora, retrucou ele inquieto estendendo a mão. Ela riu:
– Gente como a gente não precisa dar a mão! e ela procurava sufocar o riso porque Perseu ficara vermelho e recolhera a mão, mas não conseguiu. E enquanto ria mostrando os dentes separados, ele saiu quase correndo horrorizado, esbarrando na estante.

Sozinha, tão de súbito, a moça mal teve tempo de acabar o riso.

O sol, aproximando-se do meio-dia, irradiava o espelho. Pela varanda vinha um cheiro de trem, de árvores e de carvão – o cheiro de campo invadido que S. Geraldo tinha; ela mesma se encolheu preguiçosa, viajando sacolejada na sala. E afinal, sob o rumor das rodas, entorpeceu-se até cochilar.

O espírito liberto juntara-se ao vento pela janela aberta? e cada vez mais nítida, ela era um objeto da sala: os pés apoiavam-se no assoalho, o corpo se revelava no sexo e na forma. Tudo o que fora sobrenatural – a voz, o olhar, o modo de ser – acabara-se; o que ainda restava é que arrepiava o sobrado. Seria o momento de alguém olhá-la, e vê-la. E de ter os olhos feridos pelo brilho duro de seu pequeno anel no dedo, cuja pedra reunia em si a força da sala.

A porta se abriu e a mãe acordou-a:
– Você me chamou...

Lucrécia Neves abriu os olhos, espiou sem entender. Muito tempo havia passado.

– Você está bem? inquietou-se Ana. O rosto está corado demais...

– Não sei... estou com fome, disse em voz alta, coçando-se com dificuldade.

– Fome, pensou a mãe surpresa.

Nunca ouvira essa voz de filha. Sim, disse Ana refazendo-se a custo em nova maternidade, ela está com fome, repetiu tola para que outros ouvissem e julgassem, e soubessem que sua filha dissera, na sua voz mais infantil e egoísta, que estava com fome. Ah, menina, é a volta da saúde, disse hesitante, é a volta da saúde, repetiu saindo para buscar o leite, perplexa, um pouco amarga.

Lucrécia Neves sorria em mistério e estupidez. Sentia fome, sim, e arranhava o rosto com as unhas; parecia mesmo gorda; de fato atingira uma idade.

Dagora em diante talvez não tivesse nada mais a perder. Agora seria tarde demais mesmo para morrer.

Sorrindo, bonitinha, olhando a mão direita onde queria ver em breve um anel de compromisso. Mais do que compromisso, de aliança.

8. A TRAIÇÃO

Um mês depois de ter vendido S. Geraldo, foi com o amigo de Mateus tratar dos papéis de casamento.
O amigo disse:
– Espere nessa esquina enquanto entro no tabelião.
A moça então respondeu:
– Pois não, doutor.
E na esquina ficou, segurando a bolsa. Estava tranquila embora desconfiada.
Com ponderação olhava de um lado e de outro, calculando e medindo esta nova cidade que comprara.
Mas não era nenhuma ingênua sacrificada. Lucrécia Neves desejava ser rica, possuir coisas e subir de ambiente.
Como as ambiciosas moças de S. Geraldo, esperando que o dia de núpcias as libertasse do subúrbio – assim estava ela, séria, vestida de cor-de-rosa. Sapato e chapéu novo. De algum modo atraente. De algum modo enigmática. Refazendo algu-

ma prega amarrotada da saia, pipocando uma poeirinha na manga. De quando em quando dava um suspiro de educação. Mas, talvez transviada pelo vento, talvez por estar de pé numa esquina – em breve entreabria os lábios que o ar secava, e sorria. Modesta no seu crime, sem culpa. Às vezes apertava a bolsa, suspirava enlevada.

E quando o advogado reapareceu tão ocupado, olhou-o de longe quase tola, solta nestas ruas que não eram suas, com um homem que falava e conduzia – um advogado! O primeiro elemento que realmente conhecia de Mateus.

E a primeira manifestação técnica desta nova cidade onde iria morar. A poeira rastejava acima das calçadas e a luz franzia o rosto.

Lucrécia estava toda enfeitada. Ana a ajudara a se vestir, soluçando – enquanto ela mesma ainda guardava um sentimento para começar só nas núpcias, um sentimento que não sabia iniciar e já era quase tempo...

– ... por aqui, informava-lhe o advogado olhando-a rápido, novamente surpreendido com a noiva roceira que Mateus, sempre imprevisível, descobrira – então Lucrécia Neves lhe respondia em sorriso grave.

É o destino, soprava-se seguindo-o tão depressa quanto podia em tais sapatos, segurando o chapéu que o vento queria levar – é o destino, dizia contente de ser subjugada. Feliz embora desassossegada porque estranhava a ausência de perigo.

Nas calçadas cheias de gente ninguém olhava para ela, cujo vestido cor-de-rosa teria todavia encanto em S. Geraldo.

Queria também não perder tempo e olhar logo a nova cidade – esta, sim! verdadeira metrópole – que seria o prêmio do forasteiro – todo homem parecia prometer uma cidade maior a uma mulher.

Procurava um modo bem próprio de olhar e foi, através do triângulo formado pelo braço que mantinha o chapéu na cabeça, que viu um homem correr para pegar o bonde...

Na verdade as coisas novas é que a olhavam e ela passava entre elas correndo atrás do advogado. Uma vez fora do subúrbio, desaparecera sua espécie de beleza, e sua importância diminuíra. Não teve aliás tempo para pensar porque o advogado a convidava para tomar um café. Tornou-se então solene, aceitou com uma reverência de cabeça, censurando-se por distrair-se em tais momentos. Estava contente de iniciar desde já o ritual da nova vida, com precaução sentou-se sobre a saia pregueada. Até bolos vieram para a mesa... Ela comeu um, com o dedo mindinho erguido e a outra mão aparando os farelos. Como Ana teria medo! O bolo e a boca secos. E na xícara o café tremia à passagem dos veículos.

Estava acontecendo alguma coisa sem interesse para ninguém, com certeza a "verdadeira vida". No entanto nesta Lucrécia Neves começara por ser anônima. O que afinal não era tão ruim; pelo menos era muito mais largo. O cachorro entrou no café, encaminhou-se direto à moça, tocando-lhe os saltos altos.

– Sai, sai, disse dura e sorridente, sai, sai.

Ele não saía. E, miserável, farejava com tristeza, minúcia e necessidade os sapatos de verniz. No meio de todos ele a reconhecera – sai! exclamou tão trágica e exausta que o advogado perguntou:

– Ele está incomodando tanto?

– Está sim, respondeu com voz rompida, sorrindo...

Ele disse:

– Fora!, abanando a mão.

O cachorro saiu sem pressa no mesmo instante.

Ela riu admirada.

– Ele saiu, doutor...

O advogado porém já não a olhava, de novo ocupado com a pasta de papéis. Então Lucrécia Neves recolheu o sorriso. Tossiu um pouco em sinal indecifrável de sutileza. Estava cerimoniosa e feliz no limiar da grande cidade. Uma sirene de bombeiros passava anunciando-a.

9. O TESOURO EXPOSTO

Não havia um gesto sequer que pudesse exprimir a nova realidade.

E, no meio dessa riqueza, estava Lucrécia Correia despenteada em "robe de chambre", sem conseguir reinar sobre o tesouro, mal adivinhando até onde ia o magnífico porão. Perdera agora certos cuidados consigo, intensamente feliz, arrastando-se, espiando, tentando inventariar o novo mundo que Mateus provocara com o brilhante no dedo médio.

Parecia enfim não ter tempo para nada, como as pessoas.

O hotel, onde Mateus e Lucrécia se instalaram, apresentava uma comodidade já fora de moda. Nenhum dos hóspedes porém o trocaria por outro mais moderno. Mesmo a decadência dos salões recordava-lhes o tempo de pobreza e fartura que se teve em família – e sobretudo "a outra cidade" de onde todos vieram.

No hall ornado de palmeiras os frisos das paredes já deixavam ver o fundo podre da madeira, e as moscas na sala de jantar recuavam a grande cidade à época em que havia moscas. Embora, em poucos dias, parecesse à recém-casada não ver há anos uma vaca ou um cavalo.

Foi nesse meio, favorável a um amadurecimento e a uma decomposição, que Mateus instalou regiamente Lucrécia Neves. Logo depois do primeiro almoço esta compreendia o anel do marido.

– Espero que você seja feliz aqui, disse-lhe este, e tinha o ar modesto de haver mostrado parte de seu caráter.

À Lucrécia, os restos de um fausto mal soterrado fascinaram tanto quanto o contínuo ruído daquela cidade.

Pois se em S. Geraldo os motores eram invisíveis, aqui haviam emergido, e não se sabia o que era motor e o que já era coisa. Lucrécia passou a considerar-se o membro mais inexperiente da cidade, e deixava-se guiar pelo marido em visitas a "lugares", na esperança de em breve entender os táxis se cruzando entre gritos de jornaleiros e aquelas mulheres bem calçadas pulando por cima da lama.

Porque esta cidade, ao contrário de S. Geraldo, parecia manifestar-se a todo momento e as pessoas se manifestavam a todo momento.

Mateus Correia levou-a ao Museu, ao Jardim Zoológico, ao Aquário Nacional. Era assim que ele persistia em lhe mostrar o próprio feitio: mostrando-lhe as coisas que vira; paciente, esperando que aquela mulher se tornasse igual a ele.

Tudo esta entendeu com atenção, como se lhe ensinassem onde ficava o lugar de guardar vestidos, onde era o banheiro e onde se acendia a luz.

No Museu, de braços dados – viram máquinas antigas na sua evolução vagarosa até se tornarem esta coisa essencial: modernas. Tudo ela entendia, admirando o marido.

Mas no Aquário Nacional, por mais que procurasse não saberia que "coisa dele" Mateus vira. E cansada de percorrer a alma do esposo – que parecia se ter difundido por toda a cidade, mergulhando aqui apenas para reaparecer diferente e inconfundível em outra extremidade – já cansada e tomando afinal uma folga, olhou por sua conta: os peixes.

Várias vezes Mateus tentou puxá-la para ir embora. Mas ela, num indício da crueldade futura, manteve-se dura de pé. Com uma ponta de cólera via no aquário inserido na parede a superfície da água – de baixo para cima. De baixo para cima – via os peixes quase tocarem a tona e voltarem em doce rabada, e de novo investirem suaves, tentando com insone paciência ultrapassar a linha d'água.

O único lugar onde podiam viver era-lhes a prisão. Foi isso o que ela viu, teimosa, comparando a água dos peixes com S. Geraldo – e dando a primeira cotovelada em Mateus que insistia em sair.

Mesmo na sua cidade, Mateus Correia continuava a ser um forasteiro, um homem que de todos os lugares tirava o que lhe aproveitasse. Vivia na rua em correrias mas sempre calmo e elegante. Seus flancos eram frígidos, e assim as pernas e o pescoço – resultado talvez daquela mudez com que se trancava para o banho durante uma hora. Saía de lá frio, os cabelos grisalhos perfumados. As unhas rasas se plantavam com lividez na grande mão: no bolso do paletó um lenço cheiroso. Ar de advogado ou engenheiro – tal era o seu ar de mistério. Ela não se interessava pelos negócios do marido – mas como ele se preparava!

Um adestramento contínuo. Ele era masculino e servil. Servil sem humilhação como um gladiador que se alugasse. E ela, sendo mulher, o servia. Enxugava-lhe o suor, alisava-lhe os músculos. Aviltava-a viver às custas das idas e vindas e dos treinos de Mateus, estendendo camisas que a poeira da cidade logo sujava, ou alimentando-o com carnes e vinhos. Mas não podia senão fascinar-se por aquela minuciosa ordem, que há muito parecia ter ultrapassado os motivos, não podia senão gastar os meses a prepará-lo para o combate. Esperando que um dia enfim alguém esmagasse o seu colosso – e, com horror, ela ficasse livre. Cada vez que ele regressava ao hotel, a esposa se surpreendia de vê-lo ainda solto. Ali todos aliás pareciam viver ilicitamente, de empregos extraordinários. Mateus Correia por exemplo era: intermediário.

Essa função o deixava enigmático e satisfeito: comia pouco de manhã, beijava-a, a boca através do café cheirando a pasta de dentes e a enjoo matinal. Usava anéis nos dedos como um escravo.

E depois de tê-lo ajudado na preparação, ela ficava sentada à mesa, olhando-o mover-se. Tudo era Mateus Correia agora. Banhos de Mateus. Escovas de Mateus. Tesouras de unhas de Mateus. Nunca se vira vida mais secretamente exterior que a dele: ela se abismava assistindo-o. Não se precisaria sequer conhecê-lo melhor.

E ele era muito espirituoso também. "Às vezes morro de rir, mamãe", escrevia nos momentos de folga. Ana mudara-se para a fazenda da irmã.

Lucrécia mesma fora apanhada por alguma roda do sistema perfeito. Se pensara que se aliando a um forasteiro, sacudir-se-ia para sempre de S. Geraldo e cairia na fantasia? enganara-se.

Caíra de fato em outra cidade – o quê! em outra realidade – apenas mais avançada porque se tratava de grande metrópole onde as coisas de tal modo já se haviam confundido que os habitantes, ou viviam em ordem superior a elas, ou eram presos em alguma roda. Ela própria fora apanhada por uma das rodas do sistema perfeito.

Talvez mal apanhada, com a cabeça para baixo e uma perna saltando fora.

Mas de sua posição, quem sabe mesmo se privilegiada, espiava ainda bastante bem. De pé, à porta do hotel. Vendo se entrecruzarem os milhares de gladiadores alugados. E enquanto essas estátuas passavam – os ratos, verdadeiros ratos, sem tempo a perder, roíam o que podiam, aproveitando, sacudindo-se em riso. Que fizeste no verão? perguntavam sufocados de riso, dançavas? Em consciência não se poderia dizer que os gladiadores dançassem. Pelo contrário, eram extraordinariamente metódicos.

Já num desejo de ordem superior, Lucrécia esperou ir mais duas ou três vezes ao teatro, aguardando o momento em que atingiria um número difícil de contar, como sete ou nove, e poderia acrescentar esta frase: "eu ia ao teatro quase sempre."

Sentada com o público, enquanto o *ballet* prosseguia no palco; a escuridão se abanava nos leques. Agregara-se a um povo e, fazendo parte dessa multidão sem nome, sentia-se a um tempo célebre e desconhecida. Atrás do camarote, atrás da escuridão, bem que adivinhava um salão – outro salão – em fuga. Nos corredores, pontas de pés chegando atrasadas, mãos afastando cortinas, e ofegantes as pessoas se acrescentando à escuridão... ela própria excitada pelos leques, transpirando no seu primeiro vestido preto de casada – "casei no verão", em ordem.

No palco pernas e pés dançavam sem que Lucrécia Neves Correia entendesse propriamente. Da íntima incompreensão da rua do Mercado, passara à incompreensão pública. Bem que tentava iniciar-se nas expressões de rosto dos outros e nesses termos com que o mundo de Mateus mostrava conhecer os pormenores, a parte profissional das coisas. Vivia pipocando poeiras imaginárias do vestido e este gesto precioso deixava transparecerem grandes conhecimentos. Mas, apesar do esforço, conseguia olhar o *ballet* apenas fascinada. Quanto mais que de longe era impossível distinguir senão com um binóculo. Sobre o decote o binóculo do marido cegava-lhe o rosto. Dizendo-se com um cuidado antes desconhecido: é preciso esquecer o dançarino. Porque a recém-casada estremecia tomada de amor pelo dançarino. Não me deixes, dizia abandonando-se cerimoniosamente. Mateus Correia estendia-lhe bombons – comprava-lhe tudo, e Lucrécia já começava a irritar-se com este homem que a tomara porque tinha prazer em ter uma mulher jovem e caprichosa – o dançarino, em movimento elástico e vagaroso, encheu-a de surpresa, rasgou-lhe uma veia de sangue na boca: ela a misturou à doçura do bombom, limpando os dentes com a unha.

Sua falta de sensualidade era uma sensualidade repugnante de coração, a boca cheia de sangue, amando o bailarino. Sobretudo a que estava ele se dando? lembrava-se ela – nele se revia numa noite de chuva, tentando indicar as coisas – como ele mesmo horrorizadamente tentava.

Ele era o bailarino daquela cidade.

Mas se ela pudera ler no rosto de Perseu, de Ana, de Felipe, e mesmo do dr. Lucas – no do dançarino não podia, era um rosto claro demais.

A que estava ele se dando? sentia advertida. Apesar de que ainda compreendia melhor a dança do bailarino do que as outras demonstrações da cidade. Se ele lhe despertava o compromisso antigo, ela estava agora sem tempo, as saias presas por alguma roda do sistema perfeito. Ao mesmo tempo ninguém a tiraria dali, tinha direito de estar num camarote: esta era a sua época. A extraordinária garantia.

Em breve o intervalo iluminava todo o teatro, o dançarino desaparecia num salto, a cidade inteira aplaudia. Então ela se erguia com Mateus, garantida, arrastando os quadris como um pavão. A respiração das pessoas ia enchendo os salões de calor, cada coisa proliferada pelos espelhos no meio da noite. Numa cidade adiantada cada notícia era espalhada pelo rádio, cada gesto multiplicado por espelhos – havia o cuidado de valorizar as manifestações conseguidas. Tudo isso, porém, foi no começo do casamento. Porque depois aprendeu a dizer: gostei muito, o teatro estava bom, me diverti tanto. A ordem superior. Estava muito bem dançado, aprendeu ela a dizer mexendo sobrancelhas, e livrou-se para sempre de tantas realidades intransponíveis. Esta é a praça mais bonita que já vi, dizia, e depois podia atravessar com segurança a praça mais bonita que já vira.

Era assim. Que rápida caçada. Saía para fazer compras, ia pela sombra olhando as placas dos dentistas, as fazendas expostas; até a loja era perto, além dela era "longe": calculava na paisagem nova, comparando-a com a de S. Geraldo.

Oh, nem se podia comparar. Mais adiante remodelavam o calçamento de uma rua, e os aparelhos aperfeiçoados se esquentavam ao sol. Em poucos dias o calçamento não seria tão atual. E instrumentos ainda mais aperfeiçoados viriam trabalhá-lo. Vários transeuntes olhavam as máquinas. Lucrécia Neves Correia também. As máquinas.

Se uma pessoa não as compreendia, estava inteiramente fora, quase isenta deste mundo. Mas se as compreendia? Se as compreendia estava inteiramente dentro, perdida. A melhor posição seria ainda a de ir embora, fingindo não as ter visto – foi o que Lucrécia fez, continuando as compras.

De volta, a entrada na sala de jantar no braço de Mateus Correia, tendo que fingir felicidade apesar de ser tão feliz: bananas como sobremesa. Que terrível meio-dia na cidade: ferros fervilhando: casei no verão! todos comendo todos os pratos do cardápio. Era permitido, a crise ainda não rebentara. Depois o marido saía, os bigodes, o jornal das notícias. Ninguém que batesse à porta e desse um recado: não me dou com ninguém no hotel, pensava altiva no quarto de venezianas abaixadas onde tentava dormir porque Mateus queria que ela engordasse ainda mais, ainda mais, ainda mais.

Oh, nem sabia resumir Mateus, sentada a seu lado na sorveteria.

Ele usava chapéu de abas largas. E deixara a unha do dedo mindinho crescer além das outras. De abas largas e unha comprida – Mateus? Não, ele não era impiedoso. Mas as coisas se haviam disposto de tal modo que lhe parecia urgente insinuar-se e conseguir a piedade dele. Como ela o lisonjeava! uma bajuladora, era o que ela era. Também porque queria mais presentes.

E quando havia uma festa?

De repente havia uma festa, convites arranjados sem muito direito, pareciam conseguir tudo por meios proibidos, cada um se defendendo como podia – o mundo girava, ela escolhia, suada, as fazendas, Mateus aconselhava, ela, afinal desnudava os braços, o começo dos seios. Entrava no salão.

Braço pousado no do marido, saia arrastando-se na poeira, luzes, as mulheres mais belas do que ela, cujas costas estavam nuas, e também nus os braços plácidos – finalmente engordara. E ele! de bigodes, servil, dominador. Era nesse momento que ela o desconhecia inteiramente, dentro do desconhecimento já familiar em que ambos se compreendiam. Ele se afastava para cumprimentar, Mateus! a voz dela muda atravessando o salão, atravessando as janelas abertas para o luar, que lhe importava o luar! – o olhar corria por entre os ruídos das saias, que lhe importava o seco luar, Mateus! porque ele era o guia cego mas o guia – Mateus! que de costas para ela examinava de cima a baixo outra mulher que nem nua estava.

Sem contar com o espelho que o entortava nos bigodes. E desvendava uma expressão nova, cúpida e suavíssima... Tão enfeitiçante que ela mesma sorriu. Mateus era gordo e bonito. E perigoso? como um acrobata. Ele parecia ter a precaução de jamais se confundir consigo mesmo. Ele era o resultado, no espelho, da manifestação de um outro. Ela, que sempre quisera as verdadeiras coisas, madeira, ferro, casa, bibelô. Às vezes diziam: vi a senhora com seu pai; ela se rejubilava ofendida.

E assim o marido a convidou para dançar, numa delicadeza que o tornava ainda mais desconhecido. E a grande dançarina de S. Geraldo a errar nos primeiros passos... Pisando-o. Onde estava sua importância? e a sala de visitas? e no meio de tudo isso era tão feliz que sufocava. "Alcancei o Ideal de minha vida", escrevia a Ana.

– Nunca se viu tanta comida, disse Mateus orgulhoso como se a festa fosse sua, era assim que cada um se apoderava do que podia, bem se vê que tem qualquer coisa de Governo.

– É verdade! retrucava ela plena de alegria, surpreendendo-se de que a Lucrécia de S. Geraldo tivesse subido tanto que se misturasse aos que dirigiam uma cidade, o quê! um país...

Voltavam de carro para o hotel – como ele sabia gastar! ela se abanava radiante. Mas que ele a deixasse dormir.

– Estou cansada, avisava com astúcia de esposa.

E se o luar recomeçava com o seu morto silêncio, o ambiente universal evitava a noite verdadeira; o modo íntimo se reduzia a impessoal. Profundamente feliz.

Apenas um compromisso antigo não se realizava mais. Ainda podia ver, e via. Caíra porém da superfície das coisas para dentro.

Às vezes chovia, era calmo, ela dizia:

– Hoje é quinta-feira, Mateus – e tudo se atualizava. Ele era incapaz de dizer uma palavra feia, e quando em cólera deixava escapar o começo de uma, ela se apoiava no espaldar da cadeira rindo de cabeça abaixada, rindo muito – e o marido a olhava com surpresa, lisonjeado – zangado e lisonjeado:

– Pois se eu não disse nada, dizia rindo de modéstia, ela o ajudando a ser um tipo, "pois se eu não disse nada!" exclamava, e a mulher dele ria sob a catástrofe.

Além de lisonjeá-lo, o resto era perscrutá-lo inutilmente. Abismada. Aquelas criaturas não sentiam a menor necessidade de se explicarem – tal era o seu mistério. Com as unhas limpas de homem que sabe de coisas e que bebe sem se embriagar. É muito bom mesmo para ela:

– Se você precisar de alguma coisa, diga, menina.

Lucrécia Neves aproveitava:

– Por falar nisso, então eu precisava de um vestido com babados nas mangas e na saia.

Ele não negava, ah, isso nunca: dava-lhe tudo. "Tenho tudo o que sonho", escrevia imediatamente à mãe, pronta a registrar mais um dado. Afinal imaginou que ele por força devia ter uma amante, pois era tão masculino e misterioso! Passou a procurar nos seus bolsos.

Até que abrindo sua gaveta achou o envelope. Abriu-o com auxílio de vapor e encontrou dentro a radiografia de dois dentes.

Sim! mas tudo isso era mais alegre, os dias passavam, meses e meses passavam, perdiam-se horas – e no fundo de tudo aquele direito reconhecido, os jornais se publicando, uma geração garantindo – e tantas vezes chegara a vez de ser culpada, ambos se atrasavam ou perdiam o bonde, ah, e procurar e não achar uma rua? me perdi, Mateus querido, não conheço a cidade, e chegar atrasada, as hesitações, quantas vezes as hesitações como mudanças de luz, e não se precisava forçar a união de um trecho a outro, bastava dormir que se acordava no dia seguinte, uma vez mais tarde, uma vez mais cedo.

O principal era não sair do lugar por impaciência. Ter muita perseverança mesmo. E afinal chegava-se, como agora, a um certo ponto. Levada pelos táxis, pelo acordar outro dia bem mais cedo, por preparar indefinidamente Mateus: tudo isso a levara ao ponto de estar comendo laranja azeda, fechando os olhos enquanto o homem perguntava:

– Você não acha, menina.

– Sim, sim, dizia contida, a acidez secando as pontas dos dedos, cegando os dentes: sim, sim!

Mas bem que ele vira a laranja, o sabido! e ria:

– Laranja azeda e limão cortam paixão – ria o gladiador. E a estridência recomeçava, cada aresta secava. Porque ela possuía seus nervos:

– Você com seus nervos. Mas ele perdoava, o bom, o misterioso Mateus, trancando-se no banheiro.

Uma noite Lucrécia chorou um pouco, enquanto o lutador exausto sonhava ao lado. Tranquila a noite, agradável mesmo, e o céu estrelado. Depois nem sabia em que momento adormecera, de tal modo veio o dia seguinte acrescentando-se à sua riqueza.

Então ela disse em cólera: vou embora daqui.

Na esperança de que ao menos em S. Geraldo "rua fosse rua, igreja igreja, e até cavalos tivessem guizo", como dissera Ana.

Com surpresa viu que aquele homem nada desejava de melhor do que segui-la e agregar-se à cidade da mulher, ele que não pertencia a nenhuma.

Foi assim que dias depois um carro levava o casal de volta para o subúrbio.

Saltando do táxi, ela olhou um S. Geraldo – ruidoso? as pessoas rindo afrontosas. A dissonância de uma roda.

E inesperadamente a chuva caindo sobre a cidade agora já desconhecida, umedecendo-a em cinzas e tristezas... Ela de pé com os embrulhos na mão, os pingos escorrendo pelo rosto. Mas de súbito fustigada, correndo pelas escadas, jogando os pacotes sobre uma cadeira – invadindo seu antigo quarto empoeirado e abrindo como uma ventania a janela da varanda e olhando.

Os impermeáveis se moviam pela rua do Mercado.

E no crepúsculo a mulher espiou o morro do pasto.

A escarpa negra erguia-se em punho sobre S. Geraldo. O reinado sombrio dos equinos.

Assim ficou, aprumada, inexprimível. Ambos se encarando através da chuva, apenas advertidos. Ah! exclamou a mulher se dando em júbilo. Pareceu ouvir o casco de um cavalo em pancada curta.

Mas não se passara muito tempo e percebia que fora em extremo esforço que o morro lhe respondera.

Aproveitando sua ausência, S. Geraldo avançara em algum sentido, e ela já não reconhecia as coisas. Chamando-as, estas não mais respondiam – habituadas a serem chamadas por outros nomes.

Outros olhares, que não o dela, haviam transformado o subúrbio. Também não espiava mais os bibelôs, estes às suas costas.

A presença da criada alterava a estrutura do primeiro andar, mãos estranhas pegavam no passarinho empalhado, Mateus instalado como um rei na cadeira tão simples de Ana.

E ela adiando o momento de passear sozinha, esquecendo-o.

– Quando eu posso, posso; quando não posso, não posso – é este o meu lema! disse Mateus Correia uma manhã. E assim ela o conheceu cada vez mais. Deixava-se guiar pelo marido como se fosse ela a estrangeira em S. Geraldo. Saíam juntos para passear, ele alto, de quadris fortes, os bigodes, e aquele quadrado em que parecia caber, o ar ao seu redor quase palpável – e ela com os laços de fita que teimosamente usava, mesmo vendo com desgosto a sobriedade da moda. O chapéu com véu, e aquela contínua corrida para estar ao lado dele, a corrida com o véu. Só quando o marido morreu do coração ela compreendeu aquela força regulada e de um lento precipitado, o pousar total quando se sentava, sem abandonar o ar erecto. Mas às vezes Mateus Correia ficava diabolicamente alegre, esfregava as mãos e, sem dizer o motivo da alegria, exclamava:

– Lucreciazinha, vamos hoje fazer um bom pasto!

"Pasto"... dissera ele. Voltava-se rápida à palavra que lhe lembrava sonhos de sonhos, o terror escapando das paredes e vivendo calmo, ela feliz.

Fora ele quem transformara S. Geraldo num ambiente de restaurantes? os dois iam juntos, ela quase pulando ao redor dele – que andava ligeiramente atrás, sério, perfumado: olhando por trás dela as mulheres, interessando-se por aquelas de meia-idade. Fora Mateus quem transformara os habitantes do subúrbio em criaturas de meia-idade? Ele não se incomodava de que a esposa percebesse seus olhares de cobiça, porém mais do que isso não permitia: o resto era a enorme vida privada de um forasteiro.

Ela o olhava através da mesa, assistindo-o enfeitiçada. Oh, Deus, dizia o vento baixo de S. Geraldo; mas vinha o segundo prato. Quando voltavam era quase bom, o alívio entre as amendoeiras, e um reconhecimento que ela não sabia a quem endereçar: olhava o morro do pasto. Mas, se forçava seus sentimentos, tudo se fechava sem portas, ela própria bloqueada por súbita resistência: o que terminara lhe dando um equilíbrio permanente, certo orgulho de viver, e uma admiração tão generalizada, tão impenetrável que não tinha sequer um segundo momento: ela dizia: que noite bonita! e sua boca era apenas maravilhada. Que noite bonita, Mateus, e a sombra descia cada vez mais amansando as coisas na brisa. O que antes se via, espalhara-se agora invisível por S. Geraldo – o vento balançava os ramos na sombra. E seu compromisso espalhara-se pelo mundo inteiro: ouvia notícias pelo rádio – enquanto se faziam negócios de joias, e grandes fardos de algodão se amontoavam ao meio-dia: Mateus Correia chegava para o almoço, ela respirava a pele ensolarada do marido, procurando adivinhar o que acontecia? ao redor havia os começos alegres de primavera, as modas se transformando, as unhas crescendo e se cortando; a civilização se erguia, pessoas passeavam nas noites de verão – e ela olhando pela varanda.

Olhando com o rosto envelhecido e excitado de fadiga, perscrutando a chegada do marido que numa noite de quarta-feira demorara a vir jantar.

Estava à varanda da sala de visitas, e atrás o maquinismo da casa funcionava com alegria, a fumaça se exalando do fogão – como uma história antiga. A rua do Mercado cheia, porém, de novas luzes e de novos carros. Lucrécia esperava Mateus, mergulhava o rosto na rua, ai! suspirava no primeiro andar, bondes e carros abafavam a exclamação. Inúmeras buzinas macias ou esgalhadas enchiam o ar do sobrado de ruídos, quase luzes.

Mas através das buzinas abafadas sentia-se o prazer das ruas como fontes de um jardim, o apito do guarda-civil entre os postes: algo mecânico sucedia no mundo. E, atrás, o par de meias secava na cadeira. Ai, suspirava com o rosto coberto de pó de arroz, o marido não vinha, ai! dizia a cara exposta. E de súbito o som desafinado, um trem descarrilhando dentro do relógio da torre, um! – cara de cal – dois! – o incêndio da casa – três! eram oito horas e Mateus não vinha! Os olhos estavam secos mas as buzinas soluçavam e da rua subia cheiro de açúcar e vinagre.

Como se transformara o subúrbio! o suor da noite quente colava roupas ao corpo, o perfume exaltado de farinha erguia-se até o nariz: tudo esperava chuva.

De fato já chovia. Gotas espaçadas de início, e depois, pouco a pouco, mas já incomensurável, o mundo inteiro chovia – por mais longe que se olhasse havia a chuva furiosa e constante, as ruas banhadas se esvaziavam. As luzes refrescadas. Pelos canos as águas escorriam com pressa.

Vista do alto de uma janela a cidade era um perigo.

Carros, de condutores invisíveis, deslizavam n'água e de súbito mudavam de direção, não se sabia por quê. S. Geraldo perdera os motivos e agora funcionava sozinho. Bondes nos trilhos abafavam outros ruídos, e certas coisas pareciam mover-se inteiramente silenciosas – um carro elegante apareceu tranquilo e desapareceu. Em S. Geraldo nascera uma vida diária que nenhum forasteiro perceberia. Chovia e os tempos eram maus, estava-se em plena crise.

Mas havia uma glória que até então nunca se atingira. Indivisível pelos habitantes. Se acontecia um assassinato, era S. Geraldo quem assassinara. Nunca as coisas haviam pertencido tanto às coisas. Fora para sempre deflagrada uma mola, e a cidade era um crime.

Esta cidade é minha, olhou a mulher. Como pesava.

Poucos minutos depois a chuva cessou. As calçadas molhadas cheiravam alto, restos de peixe da manhã eram arrastados para os esgotos... a padaria já apagara as luzes, as estrelas estavam limpas.

Abriu-se a porta e Mateus Correia entrou ensopado. Ela correu e escondeu-se nos ombros do homem e este, espantado, alisou os cabelos de sua companheira com mãos molhadas. Ele fora o escolhido para a sua necessária queda, e era ele quem a salvava: a mulher chorou de nervoso, começaria a fatigá-la a resistência deste mundo? chorava feliz, por um instante liberta do dever com que nascera, que lhe haviam transmitido no meio e que ela certamente transmitiria sem explicações no meio também, escondendo-se no seu ombro contra a glória de S. Geraldo deflagrado – e Mateus parecia saber muito mais do que demonstrava, pois não procurava sequer compreendê-la; perfeito, perfeito, as mãos molhadas sobre os seus cabelos – ela sufocada de felicidade, sofrendo por ter que um dia amar outro, pois estava dito sem explicações que também ela uma vez amasse com brutalidade, talvez para elevar esta cidade com mais uma pedra? o marido bom, incompreensível, ela chorando – não havia como escapar, a mulher era feliz.

Enquanto Mateus continuava a levá-la a cada novo restaurante.

E à proporção que se inauguravam restaurantes, mais garantido ficava S. Geraldo. A fartura, a elegância, fumaça de charutos e pratos quentes, eram tal segurança! Lucrécia tinha pena de Ana Rocha Neves que morava na fazenda e nunca experimentara viver nesse luxo e comer essas ricas carnes.

Ah, se Ana visse como S. Geraldo progredia! Já então Lucrécia tentava gostar daquelas mudanças, com medo de perder pé na cidade e de não alcançá-la mais. Comiam em silêncio. A esposa insinuante lisonjeando-o e lisonjeando servilmente as coisas: está bom, hem? Mateus Correia

respondia ofendido: naturalmente, ora! O que a emudecia, fazendo-a mesmo corar. Tentava de outro modo então:
– Até que não gostamos de jantar fora, não é?
– Isso pode ser você, eu não! respondeu ele sarcástico, humilhado. Não gostar, destruiria a ordem superior? O marido dava-lhe mesmo a entender que ele indo só ao restaurante tudo era diferente, convencendo-a de tal forma que parecia a Lucrécia bastar sua presença para que as coisas se camuflassem: sofrendo, ela o interrompia: olha uma estrela cadente! dizia bajulando-o, e era mentira, quem sabe por quê. De volta, na cidade escura, como era tempestuosa e quente a felicidade.

Nesse tempo de felicidade vivia cheia de pequenas rugas se formando, acompanhando modas em figurinos franceses, misturada a essa poeirenta época que aspirava com sufocação à posteridade – enquanto se usavam formas úteis de pensamentos: "na teoria é ótimo mas na prática falha", dizia-se muito, e à luz de um poste passava o carro em disparada.

No dia seguinte, à tardinha, finalmente cessara a miúda chuva de duas semanas.

A cidade próspera rutilava. Nas calçadas alguns homens ergueram caras indecisas: o céu estava claro, quase verde, quase neutro... E sob a agudez do incolor elevavam-se os modestos telhados de S. Geraldo. Por um instante raro, às derradeiras gotas iluminadas da chuva, a cidade estava unânime. Pessoas olhavam a piscar, reconhecendo a constância das coisas. Os rostos espantados como se tivessem sido avisadas de que a hora chegara. De voltar as costas à cidade madura, e ir para sempre embora.

Também se empregava muito a palavra "sociedade", naqueles tempos. "A sociedade exige tudo e não dá nada, o senhor não acha?", dizia-se muito.

— A sociedade exige tudo e não dá nada, disse Mateus no sábado de manhã, no meio da conversa que ambos pareciam procurar há tanto tempo. De fato gostariam de enfim se defrontarem. E quando por acaso começaram a falar de maridos traírem esposas, os dois agarraram-se com reconhecimento à oportunidade. Ela se acomodou com a costura no regaço.

— Não é considerado nenhum crime, disse ele, assim é feita a sociedade, acrescentou com orgulho, os olhos úmidos de emoção porque ele era muito bom.

— É sim, disse ela atenta.

— Assim é feita a sociedade, repetiu o homem com precaução. Não é crime um homem ter algum interesse pelas mulheres mas é crime a esposa se interessar por outro homem. — Como ele tinha bom senso e lógica! ambos se mantinham em torno do ponto neutro, nenhum querendo arriscar-se antes do outro.

— Pois é.

— Nunca desonrei o lar por mim criado, disse o marido e ambos se fitaram com receio de que ele se tivesse excedido — Mateus usara alguma palavra errada. Certo cansaço tomou-a mesmo, ela quase deslizava para uma sinceridade que tornaria insuportável a conversa superior de ambos. Fixava a toalha da mesa, alisava uma prega.

— Nunca desonrei o lar criado por mim! repetiu o homem de repente muito alto, como se mudando a disposição das mesmas palavras ele próprio se ajeitasse melhor.

Que insistência, pensava a esposa. Ah, se tivesse alguém a quem contar depois, como seria verdadeira de repente e como faria mal àquele homem que ela desconhecia mas sabia como ferir.

Desejava que o marido se interrompesse porém Mateus agora irreprimível prosseguia explicando seu caráter, seus princípios morais e qual o seu modo de tratar as mulheres – embora tudo isso não o revelasse em nenhum momento. Ela enrolava a ponta da toalha, sonhadora.

– Lucrécia, disse o marido com certa angústia, você não está ouvindo!

– Estou sim, você dizia que seria delicado com as mulheres em qualquer ocasião.

– Sim, em qualquer ocasião, repetiu Mateus decepcionado...

Calaram-se. Ela olhava o chão sem interesse. Ele, ao contrário, excitado pela nobreza com que se descrevera, fitava avidamente as mãos, inquieto e cheio de planos para o futuro. De fato ele percebia que falar era o seu melhor modo de pensar e que era bom ser escutado por uma mulher. Procurou reatar a conversa mas Lucrécia fugia com um ar que lhe pareceu tranquilo e triste.

Olhando-a Mateus teria talvez descoberto que no fundo sempre a temera. Nada havia de mais perigoso do que uma mulher fria. E Lucrécia era casta como um peixe. Pela primeira vez ele pareceu notar no rosto da esposa certo abandono sem socorro. Desviou o olhar com bondade.

– E você, que planos tem? perguntou para agradá-la, esquecendo que os próprios ele os pensara apenas.

– Como? despertou ela, como planos? quais? que é que você está dizendo?

Ele mesmo se assustou sem saber por quê:

– Nada... ora, Lucrécia, planos, programas, ora...

– Como programas? insistia a esposa com ironia. Que é que você quer dizer com isso, você tem algum plano quanto a nós?

– Que planos quanto a nós?

– Mas, Mateus, você não falou em planos quanto a nós?

— Não, não era quanto a nós... quer dizer, sim, mas não sei o que você está inventando, era tudo para bem...
— Para bem!
— Sim, para bem! por que havia de ser pra mal, meu Deus!
— Mas quem falou em mal? estivemos então mal, falou ela estridente.
— Não, não era isso... digo planos pra você...
— ... você acha que devo ter planos separados dos seus?
— Não, por Deus, eu também tenho os meus mas você...
— ... separados dos meus?
— Oh meu Deus!
— Quais são os seus, Mateus.
Assim arguido ele não saberia dizer quais eram. E olhava para a frente incomunicável, parado com teimosia no caminho.
— São os meus, disse com altivez e sofrimento.
— E pode-se saber por acaso?
— Progredir, disse afinal Mateus Correia com esforço e vergonha.
Ela abriu a boca e fitou-o com enorme espanto.
Passado um momento, toda a casa tomou sua posição na rua, e, vencida dentro da sala de jantar, ela disse:
— Sim, Mateus.
— Você não acha? animou-se ele, e, sem que ela soubesse que o marido morreria do coração, tinha receio de sua alegria. — E não pense que é coisa no ar, tenho tudo escrito na cabeça, hem? que é que você acha, hem?
— De quê?
— Mas do que eu disse, que diabo, Lucrécia! exclamou o lutador ferido.
— Como é que eu posso saber o que você disse, murmurou cheia de cólera e desesperança...
Foi a única vez em que se defrontaram.

A beleza de tudo isso é que ela estava tão perdida que parecia guiada. Rica e perdida, os cinemas se abrindo, os espelhos multiplicando os sinais. Ele perguntando, ela respondendo, e certo descontrole: ela não poderia mesmo conter certas frases.
— Vou comprar uma fazenda de gaze para blusa bordada em ponto de cruz!
Tinha que lhe dizer.
— Há quanto tempo não como bananas, e quase segurava Mateus pela lapela, ele se desviando incomodado. Um sortimento de joias formidável, Mateus! Mateus! meus lábios estão partindo, informava.
Até que um dia ela disse no meio de uma sala cheia de visitas:
— Rigoletto é sempre Rigoletto, disse ela.
E assustou-se. Seria esta sentença de outro tempo? tanto que se houvesse jovens na sala eles a olhariam curiosos. Lucrécia adivinhou-o com medo.
S. Geraldo não estava mais no ponto nascente, ela perdera a antiga importância e seu lugar inalienável no subúrbio. Havia mesmo planos de construção de um viaduto que ligaria o morro à cidade baixa... Os terrenos do morro já começavam a se vender para futuras residências: para onde iriam os cavalos?
Assistindo à chegada de homens e máquinas, os cavalos mudavam pacientes a posição das patas. Afastando as moscas ensolaradas com as caudas.
Nesse período Lucrécia Correia se agregou enfim ao que sucedia. Terminando por admitir que sonhara com este progresso e lhe dera sua própria força. Reconhecendo aqui e ali marcas de sua construção.
Recomeçou então os passeios, e uma nova dureza nasceu em relação ao marido. Nessa época ele já passara a trabalhar menos e sucedia-lhe ficar horas em casa, em fastio. E se am-

bos resolviam não sair, cruzavam-se a cada momento pelas salas com irritação. Um deles precisaria ser expulso, agora que Lucrécia recuperara o antigo poder. Na mesa ele jogava bolinhas de miolo de pão que a mulher recebia no rosto sério, ou amassava uma folha de jornal, lançando-lhe a bola à cabeça:

— Parto-te a tarantela em dois — ele chamava cabeça de tarantela. Ela empalidecia.

Já à porta de casa ficava mais feliz, abria em seco estalido o guarda-sol, equilibrando-se sobre a corda.

Como S. Geraldo estava bem equipado. Pronto para zarpar? Mas para onde zarparia aquilo que, de ser de pedra, fizera a sua glória.

Quando voltava, encontrava Mateus fumando enervado. Mal a via entrar, apagava o cigarro, cercando-o, localizando-o, e, num prazer de pé: pisando-o em cheio, bem na sua luz. Ambos olhavam deslumbrados o cigarro rasgado. Ela se abismando como se ele acabasse de matar um galo.

Cada vez mais as relações se crispavam entre as pessoas e mesmo Mateus, que não pertencia ao subúrbio, secava de irritação. Encaminhava-se à janela e dizia, como se mandasse a mulher ficar — porque a presença de algum modo vitoriosa de Lucrécia sufocava-o:

— Bem. Vou ver uma estrelinha.

Só Lucrécia não era mais atingida pela tensão da cidade. Sobretudo quando alguém se queixava da dificuldade de pegar um bonde ou alugar uma casa, Lucrécia Correia abaixava os olhos procurando esconder — que era ela a culpada.

Mas se ia ao médico tornava-se loquaz, confundia-se em expressões cada vez mais precisas e difíceis:

— Não é propriamente dor, é mais impressão, doutor, e depois não sinto mais nada, durante meses — não chega a ser desagradável, sabe? — Ah, e também sofro à toa de calafrios, acrescentava em tempo com altivez.

O médico escutava, fingindo pensar. Com o rosto sonolento pontuava cada frase daquela mulher. Oh, ela era particular e irritante. S. Geraldo estava agora cheio de mulheres particulares que gostavam de ir ao médico. Lucrécia pusera de fato seu melhor vestido. E agora esperava modesta o veredicto. "Repouso, minha senhora, bastante repouso." Saía soberba, tranquila.

– Me dê aquele bordado, Mateus!, murmurava escondendo a força.

E mesmo ela ocultando as garras, Mateus diminuía cada vez mais.

Não só por culpa dela. No meio da confusão da cidade é que se reconheceria um forasteiro: este não tinha aonde se agarrar, enquanto Lucrécia Neves fazia parte da avalanche. Preparara-a instante por instante. Depois que levara o marido a morar na rua do Mercado, tornara-se progressivamente mais cruel. Mateus dera para ficar em casa o dia inteiro, espiando da janela as vitrinas iluminadas nos dias de chuva, contando os carros. Vivia à cata de coisas quebradas para endireitar e dormia depois do almoço, naquelas tardes sujas e cheias de vento. Enquanto ela se pavoneava pelas salas arrastando o robe de chambre. Achava-se a criatura mais inteligente do mundo e fazia questão de demonstrá-lo a Mateus. Este, com a voz mais fraca num corpo sempre maior, a impacientava, provocando-lhe aqueles coices secos na cauda do vestido de casa. Ela olhava-o com grandes olhos admirados, ria rumorosamente de frieza:

– Mateuzinho, dizia esmagando-o com curiosidade, Mateuzinho-perna-fina, dizia rindo e aproveitando a fraqueza do forasteiro para expulsá-lo.

Ele ria muito porque eram desse tipo as brincadeiras que havia ensinado à mulher na época em que fora o dono da casa;

ria aprovando e os dois se olhavam. Mas ela se sentia um pouco à mercê do homem que lhe assistira sua decadência antes de seu renascimento. Orgulhosa, não queria testemunhas do modo como procurara transformar-se e de como lançara mãos dos mesmos sujos andaimes que S. Geraldo utilizava antes de aparecer com um novo edifício ou um sistema mais moderno de esgotos. Quanto mais receava estar nas mãos dele, mais procurava agradá-lo. Tomava um ar lisonjeiro e odioso que o marido aceitava enchendo-se por um momento da antiga virilidade: ela lhe dizia como se falasse de uma terceira pessoa:

– Ele não entende nada de roupas! ponham a mulher dele vestida de estopa e digam: é lindo! ele repete: é lindo!

– ela ria e o marido ria adulado; então ela ria mais suave: o estúpido.

Era preciso manter a hilaridade para disfarçar a palavra, enquanto através do próprio riso ele já examinava a esposa, modesto e inquieto. Lucrécia, não satisfeita, arriscando tudo, repetia: o estúpido. Fitavam-se rindo tanto que as lágrimas apareciam nos olhos, ela entrecortando o riso de "ais" estridentes.

Quanto mais S. Geraldo se alargava, maior era a sua dificuldade de falar com clareza, tão dissimulada se tornara. Mateus, agora extremamente curioso, perguntava-lhe: como foi a visita? – ela se guardando imediatamente: não sei, mais ou menos!

– É grande a casa? insistia ele ávido, de chinelos.

– Sei lá, conforme..., defendia-se olhando-o com intensidade para perceber se as perguntas iam se tornar prementes.

– Mas quantos quartos?

– Você acha que reparei... juro que nem olhei... imagine...

– Mas enfim, uma sala só?

– Duas, dizia afinal, doce e acabada.

Parecia-lhe que o único modo agora de descrever S. Geraldo era o de perder-se nas suas ruas.

Até que Mateus lia um trecho do novo jornal. Ela ouvia quase intimidada seu tom heroico – um forasteiro podia cantar essa grande cidade que se formava, enquanto ela não sabia mais vê-la sequer...

"O público", lia Mateus, "seguiu interessado essas renovações felizes, e nossa imprensa não deixou de saudá-las, acentuando o alcance moral de tais ações. Pois, não é dando valor à herança dos antepassados, construída com o suor de suas frontes, que se honra uma cidade?", tremia Mateus Correia. Ela quereria interromper o tom de insuportável beleza com que o marido lia os louvores à cidade. "Mas a Comissão de Urbanismo teve ultimamente a infeliz ideia de demolir o antigo edifício dos Correios e Telégrafos, ideia essa que faz estremecerem de indignação as pedras de nossas ruas. Inútil dizer que o povo de S. Geraldo aguarda explicações." Aos poucos, enquanto o homem declamava, Lucrécia Neves engrandecia enigmática, uma estátua aos pés da qual, em festa cívica, se depositassem flores.

Então saía sozinha, gozando do tráfego da cidade com sofrimento, prestando atenção em tudo: caminhos cheios de poeira e sol, as pessoas se cruzavam. Sua dificuldade tirava o interesse imediato das coisas, com esforço ela ia buscar longe o que existia, fazendo enormes e inúteis passeios de onde voltava exausta. Mateus! gritava irritada, Mateus! vem cá! Mateus já ensurdecido, ela esperando a resposta, e a casa em meia sombra, arrumada. Mateus!, ordenava, e ia ficando absorta, dominada pela imobilidade das salas, mergulhada numa realidade que seria ultrapassável apenas por voos, e da qual ela só podia arrancar-se com brutalidade: Mateus!

Em breve tal estado tomou mesmo um ar de ter sempre existido, a casa em meia escuridão naquela rica época de inverno. Cobriam-se as estradas de asfalto antes da vinda das chuvas, acendiam-se as luzes mais cedo, as portas se abriam e se fechavam secas, Mateus perguntando de um quarto para outro: que dia é hoje? e sua própria voz respondendo: terça-feira.

Foi então que tirou o retrato que mais tarde tanto intrigaria seus filhos.

Nessa época estava realmente no apogeu.

Sentou-se, controlou bem os músculos do pescoço, a vista se escureceu de emoção, o fotógrafo lançou o grito: sorria! o magnésio explodiu em claridade. Pronto, disse o fotógrafo, e o rosto, os ombros e a cintura desmoronaram.

Dias depois foi buscar o resultado. E eis aquela mulher reconhecível, dura. O rosto dizia uma coisa? o pensamento indicava uma coisa, o pescoço tenso. Um retrato como se tira numa grande cidade, que S. Geraldo ainda não era. Fora um prenúncio.

Pendurou-o no corredor, ao lado de um desenho em cartão-postal do futuro viaduto. Espanava-o diariamente. Às vezes, largando o bordado, corria e parava diante dele. Ambos se olhavam. Ela o fitando com estupor e orgulho: que obra realizada. Ficara mesmo mais livre depois que se fotografara; parecia agora poder ser o que quisesse.

Mas cada vez mais a fotografia ia se destacando do modelo, e a mulher a procurava como a um ideal. O rosto na parede, tão inchado e digno, tinha no sonho sufocante um destino, enquanto ela mesma... Talvez tivesse caído no maquinismo das coisas, e o retrato fosse a superfície inatingível, já a ordem superior da solidão – a sua própria história que, despercebida por Lucrécia Neves, o fotógrafo captara para a posteridade.

10. O MILHO NO CAMPO

Numa de suas últimas viagens de negócio, em vez de deixar a esposa na rua do Mercado, Mateus alugou-lhe a casinha na ilha, esperando que o mar lhe desse cores. A barca hesitava vencendo as ondas que uma tempestade frustrada enchia de cólera e de espuma.

Pálida de enjoo Lucrécia apertava os olhos esforçando-se por ver de longe a terra que se negava. Mal desembarcara porém, e certo prazer já nascia com os passos afundando na areia do cais. Em breve atingia o centro da pequena cidade marítima, chefiando a comitiva de carregador e criada. Antes de tomar a charrete ainda viu a placa de Dr. Lucas, que representava, aos olhos de Mateus, a segurança da saúde de Lucrécia, na verdade emagrecida.

Subindo na charrete, marcou bem a casa onde encontraria o médico se dele precisasse. Com surpresa, seu coração em vez de sentir apenas confiança, estremeceu acordando à lembrança de uma força quase íntegra? deu ordem de partida.

Os cavalos a carregavam em tropeços e súbitos avanços através do atalho mas em breve corriam empinando cabeças – e em breve a mulher queria que voassem. Alquebrada por algum desejo arrancou mesmo o chapéu e deixou os cabelos desfeitos ao vento. O que desejava dizer com esse gesto só as árvores assistiam, e os cavalos avançavam entre elas.

Lá estava a casa de madeira, em preto e branco por causa da umidade que lhe escurecia as linhas. A folhagem em torno era ardida pela maresia que o vento constante soprava: Lucrécia cheirava o ar salgado, farejava com cuidado aquilo tudo que lhe pareceu de uma realidade fria e ligeira como de um córrego – e que tanto lembrava a silenciosa época anterior ao progresso de S. Geraldo. Uma casa leve, construída sobre terra arenosa; depois de alguns dias percebeu que também acordava de pele branca e cílios negros, toda em claro e escuro, tanto já começara a imitar a nova paisagem. Um pardal atravessara a salinha de uma janela a outra. Lucrécia Correia não se cansava de percorrer a minúscula moradia, cada vez mais espantada: tudo se tornara tão fácil que fazia um pouco mal.

Ao primeiro pretexto, por um queijo desaparecido, brigara com a empregada e mandara-a embora. E afinal – sozinha com o antigo cuidado de viver – percebia cada estalo da madeira, vigiava as rosas crescendo no jardim, dava pequenas corridas e gritos bruscos de reconhecimento. Durante a noite as rosas colhidas alumiavam vagamente o quarto e deixavam a mulher insone; as águas batendo na praia distante queriam transportá-la mas o coaxar dos sapos a vigiava de perto. De manhã acordava tão pálida como se tivesse cavalgado a noite toda: corria descalça e abria a porta para o quintal de areia. Novas rosas haviam desabrochado.

O mar ficava longe mas as rosas queimariam ao vento salgado que à tardinha soprava.

Sentava-se então à porta de casa com o xale de Ana nos ombros. Quanto mais vinha a noite mais longe tudo parecia, quem tinha partido partira para sempre, os ramos tremiam, as árvores enegreciam nas raízes e as clareiras arenosas se revelavam: brancas. Era um lugar imenso. Se acontecesse alguma coisa, esta repicaria em sino. A mulher evitava mesmo a alegria, hesitando naqueles passos que reconhecia apenas por intermédio do receio: recolhia a cadeira, fechava a casa e acendia o lampião sobre a mesa. Tudo o que estivera fora estava dentro.

Adormecia atenta como se pudesse amanhecer com a casa cercada de cavalos. E parecia a primeira noite a dormir depois que se enterrava uma pessoa. Fora daquela pausa na revolução que Ana um dia tivera medo? O tique-taque do despertador suspendia cada coisa à própria superfície. Dava uma solidão precisa a cada objeto. O ovo na mesa da cozinha era oval. O quadrado da janela era quadrado. E de manhã a forma da mulher na porta era escura à luz.

E os mosquitos. A casa das rosas era solevada em glória no ar por mosquitos leves de pernas altas. Haviam crescido além do tamanho e, enfraquecidos por esse excesso, era fácil tocá-los: quando se deixava um copo d'água afogavam-se sem ao menos deteriorarem-se. Era uma vida breve, sem relutância. Pareciam viver de uma história muito maior do que as suas. E, tão inúteis e resplandecentes, faziam do mundo a orbe.

A aranha já tecera várias teias na janela quando a mulher tomou o caminho que a levaria ao centro.

Sobrados de azulejos ficavam à beira d'água e toda a cidadezinha se mostrava em fila para quem viesse do mar.

Atrás da fila as coisas amontoadas se degradavam em calor e escravidão, as mulheres à janela olhando as raras nuvens ou vigiando a prancha de madeira que ligava a terra aos botes. De noite, o mar escurecia, a prancha se esbranquiçava, e soltavam-se foguetes que estouravam acima dos telhados acordando as pessoas. Até que o silêncio da noite alta retornasse e se reconhecessem as tranquilizadoras batidas da água. Era quando o farol iniciava a ronda e com paciência tirava de intervalo a intervalo os objetos das trevas. De manhã a maré baixara, o dia nascia fresco, ventoso. Mas aos poucos a ilha ia secando de novo e às dez horas era uma cidade seca – a prancha ardia, sobre ela viajantes espiavam ofuscados em jejum: as ruas jaziam esturricadas. Tudo isso Lucrécia viu, com um pé sobre o vilarejo. Esta a sua terra propícia.

Onde houvesse uma cidade se formando, lá ela se encontraria a construí-la: os fios elétricos do bar se enrolavam em papel de seda vermelho e a velha lavava de joelhos as escadas. Café com leite, disse-lhe Lucrécia séria, com prazer.

E já quase de noite, cansada de andar, viu enfim o consultório do doutor Lucas abrir-se e dele sair um homem de andar pesado. Pareceu-lhe bastante envelhecido porém tão calmo como o conhecera. A mulher atravessou depressa a calçada e pôs-se à sua frente rindo baixo.

Na meia escuridão não lhe viu a surpresa mas ouviu a voz abafada murmurar-lhe o nome e ficou séria por ela ainda ser aquela mesma a quem podiam chamar: Lucrécia Neves de S. Geraldo.

Deram um passeio pelo parque da cidade como haviam passeado pelo do subúrbio. O médico apontava-lhe os monumentos públicos... E de longe o sanatório onde sua mulher agora vivia, obrigando-o a transferir o consultório para a ilha.

Lucrécia caminhava a seu lado, a cidadezinha escurecia tonta, as luzes afinal se acenderam. O médico chegou mesmo a comprar-lhe um saquinho de bombons, Lucrécia olhava inquieta o céu escuro.

Falou-lhe de Mateus, da casa da rua do Mercado, na noite que o mar enchia de sal, mas nada chegava ao próprio fim, a brisa trazia e levava as palavras e os postes se deformavam na água.

Doutor Lucas tranquilo como um homem que trabalhava realmente. Era de algum modo humilhante perceber que, forte e pouco loquaz, ele não se mostrava nem se escondia. Ao médico Lucrécia não precisava contar sobre a blusa que pretendia bordar; ela sempre imitara os seus homens.

Talvez a casa das rosas fosse apenas um início e ainda nesta noite conhecesse outra ordem... e já queria tocar em tudo isso, de novo vinha de doutor Lucas a desconfiança sobre o que ele poderia fazer, e ela procurava adivinhar espiando-o, como se a noite que descia pudesse ajudá-la com a sua escuridão.

Quando ele foi auxiliá-la a vestir o casaco, e enquanto lhe passava o braço por trás dos ombros – por um instante apenas Lucrécia Neves se inclinou para trás... teria ele feito mais vivos os braços? teria percebido? ou ela inventava? de incerteza a luz brumosa de um poste se acendeu, o instante se dourando na noite, de incerteza e delícia a mulherzinha respirava observando severamente o carro que avançava sobre as pedras irregulares: as rodas rangiam e doutor Lucas falava do que fizera durante o dia, ela o interrompendo com a boca transviada:

– Doutor Lucas, doutor Lucas, o senhor trabalha demais! dizia aproveitando para tocar na sua roupa.

O médico, de olhos cansados e vibrantes, ria dela...
– Ah! murmurou a mulher.
– Que foi...
– Aquela estrela, disse ela com lágrimas nos olhos numa sinceridade que, em busca de expressão, a fazia mentir. É que me virei e vi a estrela, disse banhada pela graça de sua mentira.

Desta vez o doutor olhou-a através do escuro. Ela se ruborizou. Mas ele a olhava também com compreensão e força, guiando-a já com uma primeira dureza através da estrada escura, e evitando tocá-la.

Mais um momento e, não se tocarem, desequilibrava o passo de ambos, não se tocarem quase os levava a certo ponto extremo. Tudo se tornara precioso como se Lucrécia Neves Correia segurasse coisas tão pesadas com a mão esquerda: um ramo baixo quase desfez o rolo dos cabelos, roubando-lhe uma exclamação de arrebatamento um pouco dolorosa.

– Você vê, disse ele com clareza e força, nessa noite tão bonita vou ter que trabalhar – através da escuridão ele a olhava, impondo-lhe severamente uma atitude mais digna...
– ... impossível! gritou partida, o peito feliz se iluminava sem ligar à advertência do homem. Impossível trabalhar tanto, acrescentou tola.
– Está vendo bem? perguntava o médico imperioso.

Queria responsabilizar-se pelo que provocara, e parecia culpado? ela obedecia de boca entreaberta.
– Chegamos – a porta emperrada se entreabria e o homem sorriu – o passeio lhe fez bem? perguntou noutro tom.
– Fez, doutor.

O médico estava zangado? Os sapos coaxavam com rouquidão.

– Não sei como lhe agradecer, doutor... – falava com esforço, num ardor um pouco fora de propósito, os cabelos esvoaçavam.

– Não agradeça então, respondeu-lhe brusco. Oh como estava aborrecido!

– Sim, doutor.

Através da escuridão vagamente iluminada pela proximidade do mar ele a olhando agora curioso, quase divertido – sorrindo afinal:

– Pois ora, boa noite, vá descansar.

Estendeu a mão pensando encontrar a dela e sem querer tocou-lhe o braço – ela empalideceu: boa noite, respondeu, e o homem se afastou pisando folhas.

Lucrécia Correia hesitava à porta, sustentada à altura em que estava pelos sapos espalhados. Tossiu aconchegando-se no casaco. Afastou um cisco com o pé. Depois entrou em casa e acendeu a luz. No interior tudo estava leve, soprado. A cama, a mesa, a lamparina. Nada se podia tocar – as extremidades ligeiras e direitas ao vento. Por que não chego junto e toco? não podia, e bocejou friorenta.

Depois mudou de roupa e deitou-se. Uma alegria mansa já começava a circular no sangue com o primeiro calor, os dentes iam de novo se aguçando e as unhas endurecendo, o coração afinal se precisando em pancadas duras e pequenas. Ela sucumbindo a uma extrema fadiga que nenhum homem amaria. Fadiga e remorso e horror, insônia que o farol assombrava em silêncio.

Não queria entrar em caminho de amor, seria uma realidade sangrenta demais, os ratos – o farol iluminou-a em clarão e revelou a cara ignorada da luxúria. Na fosforescência da escuridão revia os salões de baile imobilizados na luz, e as pessoas horrorizadas dançando paradas, a realidade autômata e o prazer – a mulher recuou pálida, ah! dizia surpreendida. Mas aos poucos, o farol iluminando-a e escurecendo-a, ela começou a desvairar imaginando uma conversa em que doutor Lucas aparecia ainda mais severo, ela mais humilde ainda, fazendo-lhe, para ganhar tempo, mil perguntas que seriam uma dança ao redor dele, destinada a confundir a força do homem: o senhor gosta de casas grandes? o senhor acredita em mim? se eu estivesse para morrer o senhor me salvaria? o senhor fala muitas línguas? eu admiro tanto! e mostraria depressa suas coisas: aqui é a minha casa provisória, esta cidade parece tanto com S. Geraldo! Esta é a minha janela.

Tanta timidez não vinha da vergonha, vinha da beleza, do medo, ela retornada aos grandes sapos.

Mas de súbito humilde, dura, alisando o lençol para facilitar a visão: eu te dou minha vida e nada mais. Doutor Lucas, sem que se pudesse inventar a expressão que teria neste instante, gritando: quero menos que tua vida, quero você! Ela respondendo com dor, com pudor: no amor é indigno pedir tão pouco, rapaz.

Passado o momento mais tenso da noite quedou-se afinal algum veio de umidade, as ondas batiam moles. A mulher cochilou e doutor Lucas sussurrou um pouco ridículo com sua cara sombria: você então não sabe ser livre. E ela respondendo: ah, não posso, hem, e ficou livre, tanto que adormeceu.

No dia seguinte esperava-o na calçada fronteira ao consultório.

Quando ele a viu estacou com a chave na mão, os lábios apertados. Estava irritado.

Mas ela o olhava paciente, modesta; a noite descia.

Sem falar Lucas fechou a porta do consultório e saíram juntos. Andavam pela cidadezinha mergulhada em sombras. A mulher às vezes caminhava à frente, e doutor Lucas parava. Ela então prosseguia fatigada no parque, assegurando-se em rápido olhar de que ele ainda a observava; continuava, tropeçava, encostava-se com perdição nas águias de pedra passando os dedos pelos relevos... Ele olhava mudo – enquanto Lucrécia Neves se demonstrava, tentando fazer-se compreender pelo único modo como podia falar, demonstrando com monótona perseverança; ele cada vez mais duro assistindo; ela insistindo silenciosa, dando voltas à sua frente, trabalhando-o com paciência para formar sua parelha neste mundo, olhando o céu baixo.

Até que, já fora do centro, viram uma casa fechada. A hera seca subia pelas pilastras, as venezianas cobertas de poeira estavam cerradas. Perto do balcão a bilha quebrada. Lucas quis continuar, mas que desejava ela mostrar na casa abandonada? a mulher não sabia e obstinava-se confiando na própria ignorância; o chão de folhas secas abafava-lhe os passos. Chegou a empurrar a cancela de madeira. Mas Lucas estancara teimoso. Não tenha medo, dizia ela num olhar protetor, era apenas uma moradia silenciosa. Havia a fenda no muro. Seria este o horror da casa?

Seguiram. Ele pertencendo à sua esposa enquanto, sem desanimar, Lucrécia Neves lhe rodava em torno; e quanto mais o homem compreendia, mais inescrutável se tornava. Às vezes a mulher sabia que ele tinha ímpetos de expulsá-la, tão aborrecido estava. Mas continuava doce a atiçá-lo, numa resignação que às vezes lhe dava a impressão de que há anos caminhava na poeira sem que uma brisa aliviasse o ar. Estava muito cansada. Aos poucos afinal estabeleceu-se entre ambos uma relação curta e brusca da qual não se saberiam medir as possibilidades: Lucas pegava um cigarro, ela lhe tirava com suavidade insuportável o isqueiro da mão, Lucas contendo um movimento de revolta; acendia a pequena flama vencendo-o, ele vencido porém cada vez mais áspero: quando ela entregava o isqueiro, continuavam.

Uma noite ficaram de pé sobre a colina que tanto lembrava o morro do pasto – até que a madrugada tomou um tom agudo de vitral; ele com o rosto escuro.

Foi desta vez que Lucas começou a ter medo. Quando a luz do farol os percorria revelava duas caras desconhecidas. Lucrécia Neves desconhecida, sim, mas em paz, concentrada na sua última superfície. Às vezes rápida contração percorria-lhe o rosto como se uma mosca nele tivesse pousado. Então ela movia as patas, paciente. Ele desconhecido mas já inquieto, a olhar em torno, pondo a mão no tronco do castanheiro... Então Lucrécia pôs a mão no tronco do castanheiro. Através da árvore Lucrécia o tocava. O mundo indireto.

Amando-o, retornando à necessidade daquele gesto que apontava as coisas e, com o mesmo único movimento, criava o que nelas havia de desconhecido – toda ela estava à beira desse gesto quando tocava o tronco que a mão dele tocava – assim como olhara um objeto da casa para atingir a cidade: humilde, tocando no que podia. Pela primeira vez ela o tentava através de si mesma, e da supervalorização daquela sua pequena parte de individualidade que até agora não se ultrapassara nem a levara ao amor por si própria. Mas agora, em último esforço, tentava a solidão. A solidão com um homem: em último esforço, ela o amava.

Depois voltou pelos atalhos que amanheciam. Nunca vira de madrugada a casa das rosas. A essa hora estava quebradiça, pouco íntima. E tão superficial. Cada canto era visível.

Os dias aliás estavam maravilhosos nessa época. Iniciava-se o outono e nas janelas brilhavam teias de aranha. As distâncias haviam-se tornado muito maiores embora fáceis de percorrer. À mulher parecia mesmo viver na linha do horizonte. Era de lá que via cada pequena coisa com suas luzes, esse estranho mundo onde em tudo se poderia inutilmente tocar. Os galos cocoricavam nos fundos das casas. Quanto às manhãs, eram de se jogar longe um sapato – e o cachorro correr latindo atrás. O tempo era para caçada.

De fato cadelas inquietas avançavam sem dono entre os bambus da praia.

Enquanto Lucas trabalhava, Lucrécia passeava muito. O campo pontilhado de pequenos brilhos, de traços negros – e a vaca... A vaca olhando uma extensão com um olho, a extensão oposta com outro olho; de frente seria tão fácil, mas a vaca nunca viu. Lucrécia Neves Correia, as borboletas – e a vaca. Numa rocha maior bem percebeu as formigas. Eram pretas. E mais tarde a nuvem.

A cabeça da mulher espiava o campo. Havia uma coisa que o pensamento não pegava e que um cavalo veria – era este o nome fácil das coisas. Até as grutas estavam verdes... não havia obscuridade onde se esconder. Tudo a expulsava da solidão – os sapotis maduros.

E de manhã, abrindo a janela, como a claridade era inóspita. Queimavam-se pilhas e pilhas de madeira e saía fumaça; as abelhas. Perto da praia a pele de Lucrécia se esverdeava à luz das ondas. A mulher então espirrava. Não havia outro modo de ser.

Até que uma tarde resolveu passear no descampado. Aquele silêncio. Mas o medo foi substituído pela esperança. E nem sua solidão pôde manter-se porque... por que o milho já estava alto? ela procurava com os olhos o que a impedia de estar só – mais além as espigas estremeciam pesadas: o milho no campo era a sua vida mais interior. O campo se estendia silencioso; lá estava a outra vida.

Mas olhando aquelas terras onde o espírito ainda era livre, "o quê? terrenos inaproveitados nesta época!", a mulher prática ainda pensou com teimosia: "Aqui. Aqui eu construiria uma grande cidade." Realmente havia lugar e, arrancando as ervas e o milharal, o chão estaria por assim dizer pronto. Então, na outra vida, com esforço, ela fazia casas se erguerem, pontes se entrecruzarem arfando, usinas fantasmas funcionarem. Cidade que chamaria de S. Geraldo? recomeçando-o com paciência, desta vez sem abandoná-lo por um instante com a atenção – até chegar ao ponto em que o subúrbio estava, a fim de reconhecer, sob as sedimentações, os verdadeiros nomes das coisas.

Mas ao crepúsculo o sol empalidecia. E sobre a cidade imaginária o vento começou a soprar mais forte e a rodopiar as espigas envolvendo-as em penumbra. Vai chover? pensou a mulher apressando-se de volta, mal teria tempo de encontrar doutor Lucas – mas o vento corria mais rápido que os passos, empurrava a saia para a frente, desnudava-lhe a nuca cegando o rosto com os cabelos, ela, a quem não bastara o milho crescer.

Foi nessa noite que olhando para Lucas – talvez porque de novo precisasse dele – imaginou que o homem começava enfim a ceder. Por um segundo apenas: porque no escuro e no vento não seria apaixonada aquela cara de bicho?

Mas seria paixão ou fome de piedade? Pois no escuro ela o via como a um animal – era uma cabeça de touro ou de cão – a cabeça de um homem. De um homem que pastasse no campo e que ruminasse ervas, e que mordesse folhas altas à passagem – e que de noite parasse ao vento – vazio, potente, rei dos animais – a cabeça no escuro.

Seria esta a demência da solidão? rei dos animais. Nauseada, quereria voltar as costas e ir embora, tanto preferia ainda a confusão promissora das palavras a essa nudez sem beleza, a esta verdade de hospital e de guerra. Nunca tinha sido tão encostada à parede.

Desviando os olhos com desgosto: não o amava sequer, o vento rumorejava nas árvores. Mas no instante seguinte, por lassidão, tornando-se pesada e sem vontade própria: oh uma mulher para aquele homem. Forte, bruta, paciente – sem esperar recompensa ela era daquela cabeça resignada de bicho, e desse outro animal esperaria sem curiosidade a ordem de seguir ou parar, arrastando-se suada, resistindo como podia. Para de noite erguer a cabeça ao lado da cabeça do animal, ambos mastigando em silêncio no escuro, ambos sobrevivendo como obscura vitória.

Talvez mesmo fosse isso ser de Deus. Pois tinham dito que o homem comeria pão com o suor de seu rosto e que mulheres teriam filhos com a dor. Nem se diria que o amava, tanto não havia glória. Em pé um diante do outro, sem malícia, sem sexo, agarrando-se à sombria alegria de subsistir.

Embora a estranha resposta dessa mulher fosse ainda: prefiro morar na cidade. E não havia como acusá-la por não se agarrar à oportunidade de ser de um homem, e não das coisas. Na verdade ele nada oferecera, fora apenas uma cabeça a exprimir-se no escuro. Eles tornariam concretos cada pensamento sobre ponte, cada ideia sobre uma linha férrea. Um esperava porém que o outro o adivinhasse, máximo de dar e aceitar, nunca houvera tanta necessidade de ser compreendido. Não se exigia senão este instante de sobrevivência, assim era, assim seria.

Na noite seguinte – ela o esperando à porta do consultório, ambos gastos pela insônia – Lucas afinal disse que era impossível.

Lucrécia espantou-se como se ignorasse de que se tratava, e ele vendo tanta falsa inocência encolerizou-se. A mulher começou a chorar, de início suavemente – parecia mesmo surpreendida com a precipitação dele – a dizer que fora para sempre ferida, que tudo se estragara para sempre, embora ambos mal soubessem a que "tudo" ela se referia; que esperava dele "uma coisa enorme, ô doutor Lucas", e que ele a ferira para sempre, repetia entre lágrimas e sílabas engolidas pelos soluços. O homem a olhava com brutalidade, via-a chorar misturando palavras; parecia pura e puritana. Ele disse severo como um médico: acalme-se. O choro diminuiu imediatamente. Ela enxugou os olhos e assoou o nariz.

Mas sem lágrimas era horrível de se ver. A boca tão pintada. O rosto na obscuridade era anônimo, repugnante, fantástico. O médico silenciou diante dessa verdade que tomara, para o espanto dos olhos, a forma de uma cara. Quis perguntar-lhe como a ferira mas isso perdera a importância; quando lhe viu o rosto sem disfarce soube que a ferira de um modo ou de outro. Também percebia que a mulher não se queixava de nenhum fato. Senão dele mesmo, o que era tão vago como grave e acusador; ele fora atingido.

Lucrécia agora se mantinha ausente na sombra, ele não podia vê-la nem soube a quem se dirigia quando disse em tom vazio e seco:

– Não sei qual é a minha culpa mas peço perdão. – A luz do farol revelou-os tão rapidamente que não se puderam ver. – Peço perdão por não ser uma "estrela" ou "o mar" – disse irônico – ou por não ser alguma coisa que se dá, disse corando. Peço perdão por não saber me dar nem a mim mesmo – até agora só me pediram bondade – mas nunca que eu... – para me dar desse modo eu perderia minha vida se fosse preciso – mas peço de novo perdão, Lucrécia: não sei perder minha vida. Fora o seu maior discurso até hoje, e o mais vergonhoso. Falara com dificuldade e agora recolhia-se ao escuro. Compreendia, mais do que ela, que Lucrécia desejava talvez um gesto apenas? pedia um sentimento e nada mais? ele teve medo disso ser tão pouco. Medo, ao lado deste ser fraco que não morria: porque ele era tão mesquinho que, sua força acabando, ele mesmo morreria. Olhou as mãos na sombra. Adivinhava dedos grossos, os ossos, o largo dorso. A sensibilidade estava apenas na rede das veias. O que é que ela pede de mim? perguntava-se olhando as mãos que eram sua força, que pede de mim? e sua austeridade era tão insuportável quanto o ar da noite parecia livre. Desapertou o colarinho, moveu o pescoço para o céu. A frescura soprava entre as árvores, ele se habituara a entender apenas as palavras; agora, o que não tinha palavras era compreendido com mãos quadradas, e com passos que não se interromperiam mesmo que o coração fosse atingido, tal a sua impotência.

Assim, caminhando pelos atalhos de volta ao centro – não era em Lucrécia Neves que ele pensava. Também mal sentia a umidade da noite; caminhava sério, sem futuro.

E Lucrécia também... Mas não, sob a futilidade ela trabalhava sem tempo como na guerra. Ele não tinha pena de si nem de Lucrécia. Estava calmo, forte. Porque era um homem – se se quisesse com esforço resumi-lo, cortando suas noites desconhecidas e o trabalho – era um homem lento, sincero e não tinha piedade de si. Isso nunca o ajudara aliás. Facilitaria pensar que era fraco. Mas não, era forte. O que não impediria que Lucrécia o tivesse confundido, levando-o agora a perguntar-se onde estava a própria culpa. Que se tornou tão grande a ponto de não ter mais castigo.

Vida individual? o perigoso é que cada pessoa trabalhava com séculos. Algumas gerações anteriores a ele já haviam sido expulsas de uma colônia e entregues à solidão; e, se o homem cortara o amor próprio que esta lhe traria, é que sua consciência, e mais que consciência, uma lembrança, ainda o fazia ao menos esconder a alegria de ser só. Agora porém não se tratava mais de proteger-se. Tratava-se de perder-se até chegar ao mínimo de si mesmo, ponto latejante que Lucrécia Neves quase despertara – e enfim não precisaria mais ser anônimo para ocultar o orgulho, enfim, quem sabe, não precisaria mais ser tão bom médico – porque nesse mínimo de si mesmo já estaria ele todo... que perigo. O médico tossiu disfarçando. Os que viriam talvez o atacassem um novo modo de rir... Tudo o que ele se dizia aconteceria, o homem estremeceu sem piedade de si. As rãs coaxavam, ele enxugou a boca com o lenço.

Que concluir de Lucrécia, que concluir de sua mulher que bordava no sanatório e pedia linha vermelha e erguia a cabeça em esperança quando o marido chegava. E de Lucrécia? algum ínfimo acento parecia ser o único destino de Lucrécia, a veemência a sua única força. Ainda antes da morte fazia parte das almas solevadas que mesmo um homem duro respira no ar das noites.

E a de Lucrécia, era a verdadeira vida dada? a que se perde, as ondas que se erguem furiosas sobre os rochedos, o perfume mortal das flores – e aí estava o doce mal, as rochas agora submersas pelas vagas, e na inocência de Lucrécia estava o *mal*, ela esperando de longe ao vento da colina, esperando, doce, vertiginosa, com seu impuro hálito de rosas, o pescoço esmagável por uma das mãos – esperando através dos séculos, decrépita e criança, que ele atendesse enfim ao apelo das ondas sobre os rochedos e, galgando a escarpa mais alta da noite, lançasse o uivo, o longo relincho com que responderia à beleza e à perdição deste mundo: quem não vira nas noites sem vento como as flores de prata eram cruéis e assassinas? Parado no atalho, o olhar do homem recuava sabido, e ele mesmo se mexia com extrema precaução entre os ramos – corcunda, pronto a saltar. Queria responder, não mais a Lucrécia que o chamava – velozmente a ultrapassara, e se falasse teria enfim conseguido responder a uma veneziana que bate no silêncio de uma rua, a um espelho que reflete, a tudo isso a que até hoje deixamos sem resposta.

Um sopro de brisa quase o despertou. Lucas se surpreendeu a olhar as grandes mãos que se viravam diante do rosto estupidificado, as mãos ingênuas que haviam criado a metamorfose – com certo horror as fitava, reduzido ao que lhe bastava de si mesmo, e gritaria de vitória e de dor porque era a primeira vertigem de um homem.

E ele não teria mais vergonha de milagres? Cessaria a constante ameaça de que até o perfume diga "aquilo", e que a forma de uma mão o repita... Enfim, enfim ferido, mortalmente ferido, que paz.

Esperara a vida inteira pelo momento em que estaria finalmente perdido. Que podridão nas folhas úmidas.

Parou de novo. O farol percorria o céu escuro. O sorriso imobilizado de Lucrécia passava nas nuvens... Meu Deus, murmurou ele sombrio. A cabeça teimosa precisava pensar em Deus para recomeçar a pensar. Vaga-lumes piscavam irônicos acendendo onde ele menos esperava, rodeando-o como pequenos diabos.

Mas ele não voltou. Prosseguiu duro, conquistador, encaminhando-se para a cidade que era o abrigo de sua força.

Quanto mais se aproximava das luzes, mais vencia Lucrécia. Porque este homem, que enxugava os lábios com o lenço, era de pedra. Enquanto que Lucrécia Neves não duraria muito, Lucas o sabia: ela seria substituída muitas vezes enquanto ele era o que permanece. Tão fútil, tão pobre e obstinada. Na verdade cinco mil vidas não bastariam sequer para que nela chegasse à perfeição sua primeira ideia real. Ela já começara porém o trabalho das cinco mil vidas.

No dia seguinte o médico mal trabalhara, aguardando o momento em que veria se a mulher ainda o esperava diante do consultório ou se desaparecera. Mas com súbito horror e súbita alegria – ele a encontrou. De pé, modesta, sorrindo na sua paciência de bicho.

Recomeçaram as sonâmbulas caminhadas. E quando tarde da noite pararam na colina, ela disse:

– Felizmente tudo é impossível, e começou a escarvar o chão com o bico do sapato. Porque acho que farei mal a quem eu amar, acrescentou suave e sem orgulho, e essas palavras presunçosas, tão distantes de seu modo confuso de falar, haviam atravessado longo caminho até chegar a este momento.

– Que me importa o mal que você me fizesse, disse ele irritado.

Ela interrompeu imediatamente os pequenos coices na terra.

Atordoada, quase recuando, perguntava-se como era possível que ele a amasse sem conhecê-la, esquecendo que ela própria só conhecia do homem o amor que ela lhe dava.

Em breve pensava velozmente, procurando como mostrar-lhe o melhor de si mesma, contar-lhe sobre sua vida – em surpresa nada encontrava, revolvia em vão as falsas pérolas que parecia terem sido suas únicas joias. Na urgência do momento lembrou-se daquelas noites na sala de visitas... E embora raramente pensasse nelas, e mal tivesse consciência de seu sentido – elas surgiram-lhe como a única realidade de sua vida? Com os olhos abertos de espanto e atenção, atacava a memória dessas noites que parecia terem-se perdido no seu sangue; esquecer era bem o seu modo de guardar para sempre. Na aflição Lucrécia Neves já se indagava se precisaria contar, que importava a forma que haviam tomado seus dias? também ele, também todos pareciam construir em torno de uma coisa esquecida... Uma inteligência tardia, tendo-lhe revelado o gesto, ela pensou que poderia descrevê-lo. Mas passado o instante de clarividência, o farol de novo percorrendo outros campos e deixando-a no escuro – de novo ela não conheceria a verdade senão revivendo mesmo os momentos inúteis. Oh, e nem saberia usar as palavras necessárias.

Ou teria ele entendido. Porque o médico falara de S. Geraldo num tom que por instantes parecia roubado dela mesma, e às vezes dizia uma palavra que ele só poderia ter pronunciado se conhecesse o que ela conhecia... Mas se tudo isso acontecera sem que de fato Lucas conhecesse o mundo em que ela vivera, e as palavras que ele pronunciara, iguais às dela, pertencessem ao seu próprio mundo... – então quantos intermináveis conjuntos se poderiam indefinidamente formar com o que estava "ali"? embora tanto um como outro, por motivos diferentes, tivesse severamente cortado a liberdade.

Já resignada, escavrando de novo a terra, pareceu-lhe também sem importância falar. Porque eis que na colina junto dele, o amor tranquilo parecia indicar todas as coisas como o gesto. Desde que o amava encontrara simplesmente o sinal de fatalidade que tanto procurara, esse insubstituível que mal se adivinhava nas coisas, o insubstituível da morte: como o gesto, o amor reduzia até encontrar o irremediável, com o amor se apontava o mundo. Ela estava perdida.

– Continuemos amigos, disse o homem que também não sabia falar e que precisava por isso ser perdoado.

– Amigos? murmurou a mulher em suave espanto, mas nunca fomos amigos – respirou com prazer – somos inimigos, meu amor, para sempre.

O médico sofria com a inflexibilidade da mulher. Duas gerações anteriores haviam-se perdido em cortesia morta; doía deixar o sangue abrir novo caminho em veias secas; ele sofria tanto quanto podia.

Mas Lucrécia parecia tranquila. O médico olhou-a: ela estava doce e cruel. Os caninos apareciam em sorriso inocente de arrebatamento. E ao homem pareceu ver pela primeira vez a face da volúpia e da paciência. Como podia ela ser tão ruim, pensou com repugnância. Mas é doida, assustou-se arrepiando-se diante da alegria da mulher: ela tivera então a coragem de se perder até aquele ponto. Um dia Lucrécia dissera que, olhando a nuca de alguém, tinha às vezes raiva.

O homem franziu as sobrancelhas a essa lembrança, unindo-a agora à visão daqueles dentes agudos e felizes... de que passado perverso ela emergira. Vê-la na sua perdição infantil fê-lo respirar com delícia, em cega liberdade. E era tão rica essa liberdade que o seu excesso foi bondade; ele a envolveu com o olhar, uma asa que cobrisse a sua nudez – como já cobrira tantas vezes o corpo impudico de um morto. Ela nem o percebia. Mas, anônimo como os anjos da guarda, ele protegia a alegria daquela mulher.

Nessa noite Lucrécia não quis ser acompanhada e ficou sozinha na colina.

Estava escuro mas as constelações piscavam úmidas. De pé, como no único ponto de onde se poderia ter essa visão, Lucrécia olhava a escuridão da terra e do céu. Esse movimento infinitamente esférico, harmonioso e grande: o mundo era redondo. Freira ou assassina, ela descobria por um momento a nudez de seu espírito. Nua, coberta de culpa como de perdão – e era daí que o mundo se tornava o limiar de um salto. O mundo era a orbe. Alisava o ouvido com o ombro, lavando-se. Às vezes espiava no escuro em pequenos relances. O corpo tão miserável. Tão altivo. E tudo tão perecível. As árvores plantadas em torno. O vento baixo. Era insuportável. E justamente ela sustentava tudo isso. Por que justamente? cada pessoa que via era justamente a que via. Quantos privilégios.

O rosto da mulherzinha parecia arranhado pelas garras de um pássaro – seria esta a sua expressão de amor. Chegara a um momento em que não tinha a menor liberdade de agir. Contraditoriamente nesse instante em que agiria sem escolha possível é que se tornara responsável. Pareceu-lhe mesmo, com imparcialidade e justiça, que só havia pecado quando se tornava impossível não pecar. O que não lhe provocava a pusilanimidade. Estava tão impassível como se fosse ela quem tivesse para sempre arranhado o próprio rosto com as garras duma águia. Batendo mesmo, antes de fugir, a asa escura na sua face – com essa hilaridade que as coisas contêm antes de brilhar...

Então era isso o amor por pessoas, reconheceu ela. Também esse amor era claro e inexplicável. Mas bom – pão e vinho e bondade. Sim, sim, ela estava bastante perdida. Bem lhe parecera sempre que antes de mais nada era preciso se perder. Bem sabia que, tentando através da sala de visitas olhar as coisas que existem, não tivera coragem de ser guiada pelos objetos: caíra, sim, porém tivera medo e agarrara-se onde pudera. Se tivesse caído até o fim, saberia que fim de queda era estar sob o céu estrelado? e era ver que o mundo é redondo, e que o vazio é o pleno, e que milho crescendo é espírito.

O apito da barca noturna veio do mar, apenas mais dolorido que o de uma locomotiva. A mulherzinha se debruçou sobre si mesma e assim ficou, rindo tola, antiga, numa atitude quase reconhecível. Ela própria reconhecendo afinal a terra? marcando-a com seu casco breve como breve lugar de vida e morte. O que era mais do que a imaginação poderia aspirar.

Na noite seguinte era Lucas quem a esperava, e Lucrécia se encaminhou devagar sorrindo.

Lucas não teve mais medo de seu rosto. E, nesse momento em que se olharam nus, viram sem espanto que na nudez ele era um rei e ela uma rainha. Em breve a escuridão pontilhada de luzes os envolvia, os dois caminhavam. Perto de um salgueiro, pela milésima vez, pela primeira vez, o médico disse: por que não nos conhecemos antes? embora se tivessem conhecido antes. Passando pela moita e dando-lhe um pontapé, pela primeira vez, pela milésima vez, aspirando a um rito, ela quis morrer com ele. Ah, morrer de amor, disse má encostando-se à águia de pedra. Olhando-a, foi assim que Lucas a viu e lembrou-se depois dela: humilde, guardada por águias de pedra.

E agora estavam tranquilos olhando as serras.

Tudo o que seria impossível tomara a forma final de montanhas ao longe, e uma delicadeza de curvas. Enquanto Lucas fitava a linha já apagada do horizonte, Lucrécia passou a examiná-la com tanta doçura que se perdia de si. Procurava nesse rosto, onde uma perfeição singular ultrapassava a imperfeição evidente – procurava um ponto por onde devassá-lo. O que lhe fazia tanto mal e tanto bem como se procurasse em si mesma a última resistência. A primeira luz do farol bem o revelou por momentos mas cegava as delicadezas do rosto. Só no escuro ela o veria.

Cada traço apresentava separado uma impersonalidade julgadora. Em nenhum deles Lucrécia Neves encontrou o amor que ela lhe dava. Aos poucos já não saberia o que procurava, prosseguia presa apenas pela vertigem de um rosto.

Foi entre a boca e o nariz – não nesse espaço mas numa possibilidade de movimento egoísta e sem culpa que ali se pressentia, nesse trecho que não tinha sequer um nome – que descobriu por onde o amava e por onde Lucas poderia ser ferido. Imaginou quanto sangue jorraria daquele ponto se através deste o homem fosse atingido. E viu, num sobressalto de dor e de arrebatamento, que uma criatura só era assassinável na sua beleza. Ela mesma ferida pelo cinzel.

O amor impossível atravessando-a em alegria, ela que era de um homem como fora das coisas – ferida no tronco de sua espécie, de pé, jubilante, inteiriça... Sentindo à flor da pele grossas veias de cavalo. E Lucas, voltando-se para olhá-la: vendo-a de pé, isolada, na sua graça equestre. Eles se tocaram enfim.

De manhã Lucrécia Correia fechou a casa e atravessou a prancha sobre a lama. Pássaros em voo rápido chispavam a água. O cheiro adocicado da barca suja no mar. E tantas pessoas iluminadas, sentadas com pacotes. O vento batia nos cabelos, a terra longe de vista. Então um velho cuspiu no chão e lá estava a luz faiscando no chão: todos olhavam, vazios de claridade. Lucrécia não podia abrir os olhos sem que o dia os atingisse em lago cego. Sentada na proa com os embrulhos no regaço.

11. OS PRIMEIROS DESERTORES

Perseu abrigara-se da chuva na sala da estação, pousando a mala no banco. Cortara no dia anterior os cabelos. No rosto mais nu as orelhas pareciam separadas da cabeça; as faces um pouco ossudas davam-lhe um ar de fraqueza obstinada e, apesar disso, de tranquilidade.

Seu aspecto se transformara bastante desde a época em que andava com Lucrécia. Estava muito mais magro, menos bonito. Agora havia nele um modo de ter doçura que não estava mais na doçura; com o impermeável solto no corpo parecia um estrangeiro que entrasse numa cidade.

Chovia muito. A chuva nos trilhos ainda desertos tinha um sentido reservado de que ele parecia fazer parte.

Como havia tempo, ligou o rádio que em breve estalava captando o temporal longínquo – percebia-se porém o fio de música através das crepitações da eletricidade. Perseu ouvia de pé, sem sonhos e sem o que se chamaria de entender. A frase musical, muito nobre, era-lhe visível como o rádio. Apreendia o esforço da música com o mesmo esforço agradável, e tirava prazer dessa vaga rivalidade. Quando lhe perguntavam se gostava de música, dizia sorrindo com graça que gostar gostava, mas não compreendia, dava quase no mesmo ouvir bater na porta e ouvir música.

O rádio crepitava. Perseu escutava com força pacífica, alisando o peso de papéis da mesinha. Se vivesse em sua época seria tentado a achar que a música o fazia sofrer. Mas este rapaz insignificante não tivera verdadeiras influências nem deixava marcas. Talvez estivesse mesmo perdendo sua época, e tanta liberdade o deixasse muito aquém do que poderia se fosse constrangido. Mas ele parecia sempre arranjar-se em silêncio. Se não entendia as notas obscuras, acompanhava-as com uma pequena parte enigmática sua que se comprazia na nitidez do mistério. Quando a música cessou, desligou o rádio. As gotas tombavam da calha e a bilha que o chefe da estação deixara fora enchia-se d'água.

Perseu ficou repousando de pé. Estava cansado e tranquilo. Perto da boca duas ligeiras descidas prenunciavam as rugas de homem. Como não era particularmente de sua época, que o faria sofrer, nem possuía uma cultura de onde escolher sentimentos – estava de pé, acariciando o peso de vidro, com as duas rugas se formando: intacto, pensativo, um pouco fatigado. Sem ser pai, já não era filho. Achava-se em ponto luminoso e neutro. E esta realidade ele não transmitiria a ninguém. A nenhuma mulher sobretudo. Como jamais daria sua harmonia ou a forma de seu corpo. Poderia apaziguar uma mulher. Mas sua paz estranha, ele não comunicaria.

O sino da estação anunciava a partida. Perseu entrou no vagão, dispôs a mala sob o banco. Quando o trem partiu, agitou-se feliz olhando para os lados.

Em breve saíam da zona urbana e entravam no campo. Continuava a chover, a terra ensopada parecia triste com árvores tão escuras. Dentro do ruído adormecido das rodas e do vento chuvoso, o carro prosseguia calmo nesse fim de tarde. Perseu tomara dois cálices de vinho do Porto para não se resfriar pois continuava a ser minucioso quanto à saúde e aos exercícios. Com o álcool no coração sentia-se um pouco bem demais, quase inquieto. Aplicava seu mal-estar em coisas concretas: olhava cada objeto do vagão emprestando-lhes sombrio contentamento.

No carro cada pessoa tinha uma cara, extremamente visível à luz transmutada da tarde. Cara era como o nome, pensou com prazer e desassossego. Seu pensamento era apenas o ritmo das rodas. Perseu tinha apenas a forma para um pensamento extraordinário, e não o pensamento, e isso o exaltava – cara é uma coisa, corpo é outra, vinho no corpo é outra. Embora ele se sentisse todo inteiro com o impermeável num trem.

Começou por olhar uma moça vulgar, de traços grandes. "Parece uma flor", pensou agitado. Tinha olhos redondos. Vazios porque estava sozinha. Não se poderia dizer se alegres, pensativos ou atentos – olhos apenas físicos, e alguém duvidaria de que pudessem ver. No entanto batiam pálpebras com cílios ralos e comiam o ar com delicadeza. De repente Perseu pôs-se a gostar deles com obstinação e prazer. Pousavam sobre um nariz grande que respirava com esforço: a moça estava gripada, e entreabria os lábios grossos. Toda a cara era exterior, uma flor a ser tomada. Veio-lhe mesmo o desejo. O tipo de cabeça pesada que se pegaria nas duas mãos e que se olharia com inútil sinceridade – daí a pouco pensando em outra coisa, só com o objeto fatigante nas mãos, porque seria impossível concentrar-se naquele rosto de corola. Pôs-se a imaginar como seria difícil conhecê-la porque ela mentiria – mal a tocassem, ela se fecharia toda em mentiras e sonhos, ficaria "interessante", diria de como tinha tantos pretendentes, a família tão bem de vida, ela graças a Deus cheia de saúde, e mesmo de como era virgem – Perseu teve um murmúrio de satisfação ao ver a que ponto chegara sua experiência e ao imaginar-se fingindo acreditar, beijando-a enquanto ela mentisse – o que seria muito indecente e muito terno.

Enquanto isso ela mostrou ter pressentido o rapaz: parecia pensar mais rapidamente e, quase sem transformar a cara imaculada, tornara-se interessante: Perseu desviou o olhar.

Parecia-lhe impudico chamar atenção. Era no entanto o que sempre lhe sucedia. Sua calma insignificância fazia as pessoas erguerem os olhos e fitá-lo em indagação, da qual estranhamente participava alguma insolência. O que o perturbava. Mas na maior parte das vezes era percebido apenas sem consciência, como se olha o dia. De fato o casal silencioso fitou-o rapidamente, sem tempo, como se ele fosse o único passageiro. A mulher corada tinha queixo sensível e olhos pequenos. O homem era fraco, desnorteado: de barba raspada e esverdeada, olhos verdes, mãos cinzentas e bem-feitas.

– Os bois.

O trem corria morno na chuva.

– Alfredo, os bois, disse a mulher com voz rouca.

Perseu fixou um canto empoeirado do chão e depois a mala de uma senhora de preto – com a boca cheia de saliva, rebentada no coração a veia mais grossa, ele tinha o primeiro sentimento doloroso de paixão e piedade.

– As pessoas, pensou envergonhado. Nos campos as vacas molhadas eram quentes, vagarosas. Gente, disse. Uma sensibilidade nele estava ficando homem. E esta seria sua vida mais interior.

Com o fato de ser um homem quis olhar o mundo, e viu os campos à chuva, as escadas gastas de uma casa. As pessoas eram tépidas no trem, a fumaça confortante. Olhava tudo com inocência, força e domínio.

A senhora de preto fumava, examinando-o com olhos pintados. Perseu não gostava de mulheres às quais nada escapava. Mas experimentou certa quente promessa no peito ao ver uma mulher perfumada e sábia observá-lo. Embora o intimidasse aquele olhar direto. E atrevido?

Mas não.

Neste momento a mulher de preto pensava soprando a fumaça: eis de repente um homem. O que a maravilhava. Mas era tarde para ela. Eis de repente um homem, adivinhou e, apagando o cigarro, dirigiu a descoberta, em desafio – através da distância cada vez maior – em desafio e misericórdia a uma pessoa que durante a pequena separação não saberia o que fazer de si.

Perseu porém não a olhava mais, agora interessado em penetrar a escuridão através da vidraça. Nenhuma mulher receberia o calor de sua alma que ele um dia talvez desse a um amigo. Esquecera a mulher e espiava a noite pela vidraça – instável, grande, silencioso no impermeável. Mas não era apenas uma força cega. Ser um homem guiava-o através do mistério.

Sentou-se com a senhora de preto no bar da estação. Ela pediu um álcool, tirou um cigarro. Não, obrigado, não fumava. A essa resposta ela pareceu mais irônica ainda, apesar de envolvê-lo num largo olhar que o incomodou. Não gostava de mulher com olhos tão grandes. Logo à saída do trem ela pedira que a ajudasse a carregar a valise até o restaurante. Surpreendido, Perseu a precedera, colocara a mala ao lado de uma mesa e inclinara-se um pouco rígido em despedida. Mas a mulher, sem deixar de fitá-lo com tranquilidade, convidara-o a beber alguma coisa antes de seguirem para a cidade. A salinha era mal iluminada por lâmpadas em abajur sobre as três únicas mesas. O rápido interesse de Perseu pela mulher apagara-se, restava apenas a impaciência de tomar o próprio rumo.

Ser assim raptado lembrava-lhe vagamente alguém. E, olhando aquela criatura, o rapaz sentiu com inquietação que a mesma raça o perseguia? perguntou-se se Lucrécia Neves não teria atualmente o rosto dessa mulher. Na verdade a luz fraca do bar cansava-lhe a vista. E na imunda claridade, a criatura cada vez mais desconhecida à sua frente oscilava uma cara fantástica. O caráter acomodado de Perseu não o deixava confessar-se que a mulher o importunava apenas, aqueles olhos enormes, sua fumaça constante e a determinação com que o apanhara... Velha e cínica, pensou sem cólera, com certa simpatia. Ela fumava e bebia, e já não o olhava muito. Vaga ideia de cavalheirismo o impedia de pedir licença; esperava que a mulher resolvesse se levantar.

Mas ela parecia ter tempo. Apesar de não largá-lo, esquecia-o às vezes – inclinava-se sobre a mesa, segurava o cálice com uma das mãos, alisava-o com a outra, espiando o líquido em meditação um pouco ardente. A chuva aumentara e fazia estremecer lá fora a prancha de madeira. Perseu procurava conversar mas ela não o encorajava. Suportava o aborrecimento da situação apenas porque nesta cena infamiliar outros veriam uma aventura: examinava então a companheira, tentava adivinhar de que espécie seria.

Apesar de ser amável com todas, dividia-as em mulheres que prestam e que não prestam. O que tirava a possibilidade de um assunto é que ela era tão mais velha do que ele.

No entanto a mulher saberia de onde vinha o embaraço do rapaz, e mesmo como dissipá-lo; sua compreensão se aperfeiçoara até o impudor. Mas na verdade não se preocupava com o que poderia pensar o rapaz magro. Com o que ela mesma se inquietava, não poderia dizer. Sabia apenas que, em ferocidade, se prendia a este momento, e já era o quarto cálice que bebia para reter o rapaz. Enquanto isso a possibilidade de hilaridade se tornou insuportável quando o rapaz perguntou:

– A senhora é casada?

Estava rígida, e dizia-se: eu poderia ser a mãe dele. O que não era verdade, pensara-o para se ferir. Seria capaz de gritar se ele se erguesse – era tudo o que sabia.

Que desejava afinal deste belo rapaz? ele se entediava claramente... Mas isso não a interromperia; as coisas corriam agora tão velozmente que a deixavam séria, encarniçada, as mãos se endurecendo sobre a toalha. Se quisesse abrir o jogo e atirar as cartas sobre a mesa, não teria cartas – a tal ponto chegara.

Eis de repente um homem, pensava. Os homens sempre lhe haviam parecido demasiadamente belos – fora o que sentira quando há séculos, na casa dos pais, em vestido de baile, parecera uma árvore nova de poucas folhas – a lembrança a tornara depois terrivelmente irônica.

E não se saberia por que os fracos haviam depois se tornado sua presa. Então, quando encontrava um homem fraco e inteligente, sobretudo fraco porque inteligente – devorava-o duramente, não o deixava equilibrar-se, fazia-o precisar dela para sempre – era o que fazia, absorvendo-os, detestando-os, apoiando-os, a irônica mãe. Seu poder se tornara grande. Quando uma pessoa vencida se aproximava – ela a compreendia, compreendia; como você me compreende, disse Afonso. Sempre fora preciso um objeto ser defeituoso para ela poder apoderar-se dele, e através do defeito. Comprava mais barato, assim.

Que desejava agora desse rapaz? um pouco excitada pela bebida, dizia-se: eis-me enfim ridícula. Também era raro. Não quero compreendê-lo, repetia friorenta, envelhecida. Porque, mais um instante, e o compreenderia tanto que enfraqueceria essa "maravilhosa" pessoa à sua frente, que – ah, "maravilha" – não precisava de ninguém.

Oh, até que o entendesse por um minuto. E ele, já não mais inatacável, precisasse dela. O mesmo rapaz dos primeiros bailes, o mesmo anjo que convidava para dançar e que desaparecia para ser engenheiro... Era também a sua própria mãe que ela, a filha, só pudera alcançar depois de conhecer-lhe os pecados – aumentando-os em gravidade para melhor poder amar.

Também só poderia chamar essa perfeição distraída à sua frente destruindo-a por meio da compreensão.

Mas seria distraído? ou era ela quem não estava ali. Bem notara no trem que o rapaz parecia remoto aos passageiros. Talvez apenas porque estivesse presente e fosse real. Os outros é que se haviam afastado e viam-no de longe. Adivinhara-o quando dissera em surpresa: eis de repente um homem.

Este não queria nem precisava fugir: ia, e aonde fosse iria consigo. Também ela já conhecera esse tempo. Mas que restara da simples riqueza no primeiro vestido de baile? que sobrara de sua inteligência indefinida e sem profissão que se "maravilhava" – a palavra que ficara sua, mudando sempre de sentido, "maravilha", dita por tantas vozes suas, uma alta no topo de um acontecimento – maravilha – outra plena, cava, trêmula – maravilha – outra lá embaixo, rápida como um córrego – maravilha. Que ficara da audácia de ser fraca? não ousara sê-lo. E do espelho onde se olhara por um segundo? a fruta roída por um verme, a "maravilha" com a larva escura no coração.

Sorriu rapidamente ao rapaz, o tempo urgia, não havia um minuto a perder. O rapaz sorriu-lhe de volta. Sem poder deixar de perceber, descobriu nessa resposta certa imoralidade artificial e constrangida: por amabilidade ele dava o que o rosto de uma mulher cansada parecia pedir. Mas ela pulou por cima disso também – nunca ser agora retida por um obstáculo – pulou por cima, continuava a correr em busca da fruta inteira, o ouro da fruta na árvore, o vestido de baile, os grandes olhos no espelho, aquele começo de compreensão que era apenas o mundo ao seu redor, e que se tornara depois a arma, sua imagem antes de pôr a capa nos ombros e sair – a fruta de ouro no espelho – maravilha! ela também já fora incompreensível, remota! nunca vi olhos tão grandes, disse nas luzes um rapaz de preto.

Em sobressalto Perseu e a mulher ouviram o barulho surdo de um aeroplano sobre a estação. As asas roucas obscureceram ainda mais a salinha enchendo-a de luxo sombrio. O avião se afastou e a cidade latejava em silêncio.

De novo o ar da sala acordou piscando nas lâmpadas – o paliteiro sobre a toalha: tudo aquilo era sórdido, dizia-se Perseu defendendo-se.

E "maravilhoso", dizia a mulher. As transformações do bar eram as mutações monótonas de uma insônia, a vigília da senhora de preto se alongava em sombra, os cílios batiam sonolentos sobre a negra luminosidade dos olhos.

A fruta oscilava plena. Como em brincadeira de criança no jardim, deveria apanhá-la com a boca, sem as mãos – aliás ela jamais possuíra mãos – e por não ter mãos lembrara a Perseu aquele corpo decepado que fora o de Lucrécia. Deveria apanhá-la com a sua própria perturbação, com a escuridão que era ainda a sua única força, a escuridão cheia de abelhas de mel. Mas antes seria preciso desistir para sempre, antes despojar-se da arma – ser apenas a mancha escura no espelho – e a fruta lá estaria. Antes, negar o que fora sua conquista até alcançar a atenção universal e sonhadora de um cão – e eis, eis a fruta inteira. Pois não fora assim que se vira ao espelho?

Depois passara-se muito tempo, ela aprendera um modo alto de falar com as crianças, dizendo frases humorísticas para os adultos ao redor; só as crianças não entendiam. Elas eram inteiras. Remotas como o rapaz. Mas se a senhora de preto via um cachorro – um verdadeiro cachorro – mesmo hoje ainda sabia alcançá-lo, o que provava que a "maravilha" oscilava. Sabia como ninguém transformar um cão solitário num cão feliz que se deitava ao seu lado piscando os olhos. E então, tendo-o aos pés – jamais, jamais compreensível – o aposento ficava grande, silencioso; e não era o cão, era ela quem vigiava a casa. Tal a sua grandeza, tal a sua miséria.

O rapaz defronte era um grande cão, magro, solitário. Não poder ser ele, que injustiça. Com o mesmo centro de sombria pureza. Com a alma que têm os cães: de casa, de degraus, canto de quintal; com esse olhar sobre o mundo que tem um cão deitado. A senhora de preto pensou nas rugas – não havia um instante em que não se acentuassem, não havia um minuto a perder, ela continuava correndo, pulava riachos, pressentia a direção do vento, saltava na escuridão em busca do momento na floresta em que diria: maravilha.

O paliteiro empoeirado sobre a toalha. Perseu se defendia do fantasma de Lucrécia, e dessa mulher que, vinda certamente de um grande centro, repetia o mistério das mulheres ruins. O rosto do rapaz cobrira-se de sombras, os olhos luziam de um fundo distante e tranquilo. O que era tranquilo ainda mais distante era, o perfeito se tornava ainda mais longínquo – para a moça na noite de baile tudo era impossível. Como ele é belo, pensou. Eis de repente uma pessoa. Estava tão maternal que era horrível. Via as mãos do rapaz, a pungente limpeza de suas unhas, a gravata escura. Nunca – dizia o rosto gentil do rapaz. Nunca – replicava o pescoço sustentando a cabeça dura e perfeita. Era um pouco terrível. Não só para ela estava nele dito "nunca" – estava dito "nunca" muito mais grave na testa sem rugas, naquela boca delicada.

Mas ela não tinha medo. Era "não esquecer depois" que a assustava: não suportaria sobreviver. E já se apaziguava: que o rapaz passasse sem destruir-lhe a maneira de acender o cigarro, a voz alta, tudo isso era a sua paz. Não queria que ele a fizesse perder o modo de tratar aquele que ficara longe e abandonado depois que o trem partira, nem perder a tranquilidade de abrir-lhe as cartas – tudo isso era uma construção. A paz de tomar o trem sabendo com calma que na outra cidade lá estaria à sua espera o quarto de um hotel e uma varanda por onde olhasse antes de dormir; ela era a dona deste deserto onde à varanda fumava um cigarro. Não tinha vergonha de não desejar vida nova – era muito perigoso uma vida nova, quem de vós suportaria. A senhora de preto apagou o cigarro.

Durante esse intervalo, o ser perfeito tinha a perna adormecida e procurava discretamente acordá-la. Bom que não precisasse explicar onde estivera esse tempo todo. Por que, onde estava mesmo? Não havia embaixo da mesa espaço para estirar a perna, e o torpor dava-lhe uma expressão obstinada ao rosto. Imaginava, como num sonho impossível, levantar-se, desdobrar as asas e sacudir-se até recuperar a virilidade adormecida.

Vendo aquela mulher que fumava e bebia, o rapaz teve no seu sonambulismo vontade de enfim aproximá-la de si, ou de tocá-la com o joelho sob a mesa; era um desejo um pouco cruel e sonhador, do qual desistiria facilmente. Com uma mulher dessas parecia-lhe que era preciso sobretudo saber falar, dizer coisas interessantes. Nunca se saberia se ela esperava dele uma frase sobre a vida, sobre a passagem vã das coisas deste mundo. Fora assim que, na sua tolice, ele imaginara Lucrécia Neves, e queria aplicar a experiência à nova companheira.

Observou, sem acusar-se aliás, não ser desses homens brilhantes, capazes de agradar a uma mulher dizendo-lhe o que ela deseja ouvir. Refletiu com morosidade que apesar de não viver pensando "em assuntos sexuais" devia ser grosseiro pois junto de uma mulher encerraria as discussões e a abraçaria com alguma força. Desagradavam-lhe as amizades femininas – a ideia fazia-o sorrir intimidado como a de entrar num lavatório de senhoras.

E agora, porque a fitasse um instante e porque seus olhares se cruzassem – há anos os dois estavam esperando.

No meio da fadiga de ambos houve um momento de impaciência, quase de cólera, em que a sala ficou mais escura e mais intensa como se um trem fosse partir; irados, os dois se concentraram no paliteiro, na lâmpada, em tudo o que era pequeno e perdido, tão requintados que irritariam um espectador. Mesmo agora, sem perder o hábito de acalmar as pessoas, ele sorriu-lhe.

O que a assustou: o rapaz tentava despedir-se? ainda não! pensou, e se falasse estaria rouca. A bebida e a chuva, e a sombria excitação, e a maravilha à sua frente – e ela avara... Ele também bebia, resignado a perder mais alguns minutos junto daquela velha, cavalheiresco, horrivelmente gentil como os outros, sim, sim, vamos dançar – ela se apressava, fumava a ponta do cigarro quase queimando as unhas...

– ... como é seu nome.
– Perseu, disse admirado despertando.
– Perseu! repetiu ela num espanto à beira de riso. Que tolo, com um nome desses. Adivinhou sorrindo que ele vinha de algum subúrbio onde nomes importantes eram comuns. Perseu.

E talvez pelo absurdo do nome, pela noção do tempo que se passava, pela beleza do nome – ficou muito cansada. A salinha vazia, um trem passava pela estação, as malas. Tudo se escureceu, a cena transportou-se para o sono – tudo se obscurecera íntimo, dentro da bebida. E na sombra o coração suave da mulher, sem dor, em amor fatigado. Sou tua, pensou mentindo, um pouco nauseada. A lâmpada fraca se equilibrava na estação, estava muito bom viver mas ela precisava vomitar. Tudo pesava. Gotas de chuva escorriam. O rapaz inamovível... parecia piscar-lhe um olho? ela piscou-lhe de volta – enfim no centro deste mundo pequeno, nesta desordem confortante de vida, com enjoo, os olhos pretos cheios de ouro. Que maravilha.

Durou um instante apenas, como uma vivacidade, e era ameaçador; íntimo e ameaçador. Eis, eis a "verdade". Era assim que na idade madura se impunha chamar a "maravilha".

Levantou-se, desapareceu por uma porta. Perseu aterrorizado ouviu-a vomitar. Em breve voltava enxugando a boca, os olhos ainda maiores, e sorrindo encantada com modéstia. Um trem se aproximou sacudindo a salinha.

A mulher sorria toda dentro de si, com certo enfado. Acho que já posso largá-lo, pensou. De início segurara-se com as unhas partidas em cada minuto. Mas agora estava distendida como depois de uma operação e queria ficar só com suas ataduras.

Examinou ainda o rapaz que ela, com tanto esforço, conservara inteiro – olhou-o e balançou a cabeça como uma velha. Gostaria de juntar duas cadeiras, enrolar-se e dormir. Sentia-se ainda grata a alguma coisa, e a voz, quando tossiu, saiu grossa. Tão reconhecida ao moço que lhe permitira, talvez um pouco tarde demais – entre um trem e um hotel, sem mesmo abandonar a mala – que lhe permitira admirá-lo apenas; ela que sempre exigia que as pessoas tivessem sofrido, senão por onde começar a roê-las? e sobretudo por onde perdoá-las.

Nada querendo agora do rapaz, gostando dele com benevolência e distração; sem pretender roubar-lhe nada; sonolenta, lutando contra lágrimas que precederam um bocejo, pensando com agrado mecânico em aconchegar "aquele outro" que estava na cidade distante aguardando nervoso um telegrama, aquele de quem ia ficar separada uma semana – o que era tanto, o que era tão pouco.

– Perseu, disse urbanamente, aproveitando com inteligência humorística o que havia de ridículo e encantador no nome, Perseu, agora preciso ir e você também.

O rapaz acordou, sorriu com sono – um instante mais e a luz escura da sala lhes permitiria andar em saltos lentos; daí a um momento adormeceriam de bruços sobre a mesa, ao som da chuva. Despertando ele começou a procurar no bolso. Ela retirou sem pressa o dinheiro da bolsa e colocou-o sobre a toalha. Perseu tentou protestar mas, como ela nada dissesse, conformou-se. Ambos pareciam achar natural que a mulher pagasse. Afinal fora ela quem comprara. É o mínimo que me pode acontecer, pensou sonolenta, sem ironia.

Perseu pôs a mala num táxi, ela entrou. Sentada, já confortável, hesitou um pouco, e terminou por oferecer-lhe condução; ele recusou cerimonioso, ela suspirou ligeiramente de alívio. Quando o rapaz bateu a portinhola, porém, a mulher sentiu algum remorso vendo-o de pé sob a luz do poste, na chuva: alto com o impermeável, simpático. Muito simpático, pensou. Tão fácil encontrar nele o ponto de compreensão, com esses cabelos curtos... Algum remorso e uma camaradagem mais franca – e também surpresa: porque sob o poste, amável, magro, estava o mesmo ser perfeito que ela poupara, a maravilha. Certo dever também, sobretudo hábito: não custava compreendê-lo ligeiramente, dar-lhe um pouco, não demais. Aproximou a cabeça da vidraça, sorriu com domínio, num ar meio profissional que lhe tirava momentaneamente a idade do rosto:

– Você é estudante...

– Não, médico, disse abaixando-se à altura da janela e olhando-a em suspeita.

– Foi o que me pareceu... – Ele também sorriu, a atenção despertada. Parecia de repente amiga, e isso tirava-lhe o perigo como mulher. Ele sorriu mais e sem perceber segurava a maçaneta da portinhola adiando a partida do carro. A inimiga do bar desaparecera.

– Você está trabalhando, Perseu?

– Estou, vou entrar no hospital daqui.

– Ah, então você é médico de hospital. – Os dois se olharam. Ela numa situação social, ele à espreita. – Olhe, Perseu, tenho a certeza de que você será um bom médico. – Ele a encarou desconfiado. – Um desses que a gente chama mesmo quando tem saúde, só para ter certeza de que está bem viva, sorriu espirituosa.

Sim, era o que pretendia, respondeu mais inclinado, sorrindo.

Quem sabe se ela...; mas não. Sim, quem sabe?... afinal que poderia ela? Tolice. Mas não era mais uma desconhecida. E aquele mesmo ar que se poderia encontrar nesse amigo esperado sem impaciência... A senhora de preto dava o endereço ao chofer, e dizia do fundo do carro, onde Perseu não via mais seu rosto inteligente e perturbador, e já com a mesma voz do bar:

– Obrigada por tudo.

O carro seguiu. Ele ficou ainda em pé na calçada.

Como a chuva recrudescia ajeitou-se melhor na capa e finalmente atravessou as lajes desertas. Seria um bom médico, ela o dissera com tal segurança. "É porque há coisas que se veem logo", pensou alegre.

Teriam sido as palavras da mulher o que lhe dava uma esperança um pouco irrespirável? e também desgosto. Bem sentia que em certas coisas, mesmo boas, não se devia tocar jamais, nem com o pensamento. Nunca falava da certeza já um pouco ansiada em tornar-se um bom médico. Dando-lhe a esperança de ser um bom médico, a mulher não lhe permitira nada mais... No entanto se ele mesmo falasse, diria que era este o seu desejo. Mas simplesmente não falava, eis a diferença. Um pouco de amargura. Cansado; o ser perfeito por um instante atingido.

Sou de opinião de que se fala demais, pensou obstinado.

Mas sua força era maior do que a de uma palavra dita por uma mulher perturbada. Em breve, andando nas ruas molhadas, recuperava o vago direito nascido no trem e que nebuloso mesmo bastava; readquiria a paz de um homem anterior aos acidentes, não dividia sua esperança, e não falava sobretudo; fala-se demais. Levantava a gola procurando o número das casas na iluminação fraca.

Nem a inocência de Lucrécia Neves, nem a danação da mulher de preto, nenhum desses ávidos seres femininos que se esbatiam em torno da realidade conseguiria tocá-lo porque ele era a realidade: um homem moço calado metido num impermeável. Assim o viram de uma janela, a mão curiosa afastando a cortina; e ele não passava disso. Evitando as poças d'água. Além de tudo era livre: não pedia provas.

Andava olhando os edifícios sob a chuva, de novo impessoal e onisciente, cego na cidade cega; mas um bicho conhece a sua floresta; e mesmo que se perca – perder-se também é caminho.

12. FIM DA CONSTRUÇÃO: O VIADUTO

Nos últimos dias de vida Mateus Correia parecera acanhado diante da gravidade do que lhe sucedia e mesmo vexado como se não merecesse tanto. Quanto mais se aproximava certa hora, mais sorria em modéstia para a esposa, numa infelicidade que até então não tivera certamente oportunidade de manifestar-se. Embora o minuto antes de morrer pudesse, pela urgência, ter durado tanto que lhe houvesse dado tempo de ter sido absolutamente feliz, como um cristal.

A cara parecia orgulhosa. Que faria alma tão inexperiente sem a solução que fora o corpo. Lucrécia chorava espantada.

E agora sozinha, ficava de noite escutando o silêncio da rua do Mercado.

Alguma coisa continuava a trabalhar sem barulho, ela na proa do navio – embaixo as máquinas funcionando quase sem ruído. Por um momento revia Mateus. E em bofetada, talvez ele nem tivesse tido quadris largos! fora apenas pálido, de bigodes.

Morrer do coração viera explicar aquela grossa calma e o escolher tantos pratos: bem, vou ver uma estrelinha. Mateus fora ver uma estrelinha – o que lhe fazia recomeçar o choro.

Por que não o vira do modo mais belo de se ver? Fora bom como todo homem que terminaria morrendo, e ela o amara. Apenas não compreendera a tempo que mandar limpar os canos da pia ou almoçar com todo o peso do corpo – era sua forma de alegria. Que pretendera dele? acusava-se a viúva: que aplicasse sua alegria sobre flores, como na Associação? Não, quando ele a tinha abraçado e ela fora boa para ele, Mateus dizia: se a pia quebrar de novo quem paga desta vez é o bombeiro. Mesmo a sua morte, ela tentara destruir. Procurara consolá-lo, único modo de reduzir o acontecimento ao reconhecível: você ao menos não morre em casa estranha. Mas isto o homem não permitira; sem falar olhara-a sorrindo com vergonha: tola, como se morrer não fosse sempre em casa estranha. Oh, pudesse tornar a vê-lo e lhe daria o seu melhor olhar, nem mesmo isso: dar-lhe-ia o que o marido esperara dela, sua vida humilde e não os desejos. A viúva soluçava arrependida.

Esquecendo-o cada vez mais.

A bem dizer só lembrava-se de Mateus objetivamente quando o revia nos acessos de tosse, quase silenciosos de tanta violência sem escape: ele tossia abalando a casa em silêncio. Ou quando o marido lhe aparecia no sonho. Sorrindo, bom como fora a raiz de sua vida: oh, ela não compreendera que cada pessoa era o máximo e que não seria necessário procurar outra: assim tentava pensar para Mateus ouvir, e no sonho ele a ouvia. Como sempre, sem entender muito bem.

Então ela escreveu para Ana: "Minha cara mãe, Mateus faleceu, só outra mulher pode compreender o desespero de uma viúva! No entanto acho que"...

Escrevendo apoiava-se cada vez mais nas ligações, em diversos "porém" e "aí", dando-se tempo. Porque bastava ser obrigada a exprimir-se, e a obstinada emudecia, e quase deveria criar um sentimento a dizer. Levantou a cabeça mordendo a ponta do lápis: o sol desaparecia vermelho e quente, cada objeto se mantinha dentro de um fio de ouro. E na porta a chave tão iluminada quanto o horizonte – Lucrécia afastava os cabelos da testa fatigada. Sobre o toucador os perfumes tremiam nos frascos: "só outra mulher pode compreender", finalizou.

Em seguida a casa clareou-se, abriram-se as janelas, e tudo, lavado pelas lágrimas, corria bem, a saúde agora estável.

Nas ruas, então, as pessoas se movimentavam em luz espargida e sem esforço; o que fora mortal havia sido atingido, e o resto era eterno, sem perigo. Novamente a vida de Lucrécia Neves se abria com certa majestade, as portas batendo, essa claridade de ar que não tem nome, a casa de novo cheia de segurança material: assim eram os seus claros dias de viúva, o bibelô tocando flauta.

Quando saía espantava-se com o salto de progresso de S. Geraldo, espavoria-se no tráfego como galinha fugida de quintal. As ruas já não cheiravam a estábulo mas a arma de fogo deflagrada – aço e pólvora.

E como estouravam os pneumáticos! Tinham-se aberto inúmeros escritórios com máquinas de escrever, instalações de arquivos de ferro e canetas automáticas. Cópias e cópias eram batidas em mimeógrafos e assinadas. Os arquivos rebentavam, plenos do registro imediato do que se passava. Os homens da Limpeza Municipal varriam superficialmente as calçadas, escondendo os restos nos esgotos. Que à tarde faiscavam aos derradeiros raios de sol em poeira e brilho, como tesouros.

Também a viúva se transformara. Atualmente seu rosto era fraco e de expressões medidas. Se lutara contra a tendência de manter os cantos da boca abaixados, agora abandonara-se, e esse gesto lhe dera um modo ainda mais impessoal de encarar as coisas. Quando foi ao dentista e pôs dois dentes de ouro – teve afinal o primeiro ar de estrangeira.

Percebeu também que abrindo muito os olhos pareceria mais moça. Assim abria os olhos em espanto contínuo, o que lhe acentuou o ar de forasteira em visita. Se não ganhava juventude, alcançava alguma beleza de forma, de modo que se pudessem olhá-la como a um objeto, achariam-na bonita. Mas se a vissem como a alguém capaz de falar... – ninguém tinha tempo de vê-la de um ou de outro modo.

O que não a interrompia: tomava chá com olhos espantados sobre a xícara, prestes a ser fotografada. De súbito – batida a chapa – movendo-se, tomando com as pontas dos dedos um biscoito: que tarde perfeita, pensou Lucrécia Neves Correia olhando da nova confeitaria da rua do Mercado, agora avenida Silva Torres.

Em seguida dirigia-se ao jardim com a leitura debaixo do braço: o folheto "Câncer Espiritual". Mal descia os degraus do parque, e era turbilhonada pelos olhos – quanta erva arrancada! quanta erva nascendo, quanta ordem, crianças novas cujos pais não conhecia – e que sol, que dificuldade de subir, tão fácil achar coisas perdidas no chão, nos despojos do antigo S. Geraldo – achou um santinho de papel com oração – tão fácil achar o que os outros perderam mas nunca, nunca achando o que se perdeu: foi o que pensou e abriu a brochura no primeiro capítulo: "Praguejar Também É Câncer". Procurava dignificar-se com pensamentos elevados. E, se não os encontrava, ao menos balançava a cabeça, indignada contra a baixeza de nossa época.

Nesse dia viu dois meninos brigando. Os novos lutadores socavam-se no rosto, brancos de raiva e de silêncio. De tão intensa, a cena perdera a sonoridade. Só um passarinho cantava na árvore acima. A viúva empalidecia de horror. Um senhor apartou-os e disse-lhes que se continuassem a brigar lhes puxaria as orelhas. O que, mesmo a Lucrécia, soou estranho: em S. Geraldo não se puxava mais orelha de criança. Os meninos interromperam-se, olharam-no em silêncio. Um era vesgo. O passarinho cantava. Um dos garotos afinal cuspiu no chão em desafio e fugiu vaiando... o outro correu, olhando para trás e rindo. Eram inimigos mas se uniam contra o grande adversário comum, pois então, aquele homem de outro tempo que embaraçado olhava para Lucrécia.

Esta, ainda um pouco desfeita, sorriu-lhe. Ele disse: com licença, minha senhora, e sentou-se respeitoso no seu banco. Contentes de estar juntos, acomodaram-se melhor e conversaram sobre a juventude moderna. Ele agradavelmente surpreendido em descobri-la tão sensata apesar de moça, sem saber que fora S. Geraldo que a deixara para trás. E ela ao seu lado podendo olhar com outra segurança o novo monumento à União dos Correios e Telégrafos.

Voltando para casa mais animada, sentando-se para tricotar no terraço dos fundos; olhando os telhados escuros e as torres das fábricas, extremidades secas do mundo. Não eram maduras como a sala de visitas onde se acumulavam pequenos móveis, jarros, sombras, bibelôs; apenas renovados por outro dia que traria eventualmente nova posição das coisas. Olhando as torres das usinas com olhos serenos, satisfeita. Por ter sido apesar de tudo previdente, afastando doenças, evitando o perigo maior das coisas, guardando com cuidado o que lhe pertencia – esta a única explicação que encontrara para justificar sua paixão pela casa e pelos bibelôs: "pois então! guardara com cuidado o que era seu"! Se ver o modo como se poupara agitava-a em certa vergonha, ocorria-lhe a resposta: sim, mas ali estava ela. Finalmente sentada. Interrompeu o tricô, aspirou o ar com doce ardor.

Também o sobrado conseguira chegar até a atualidade. Velho, raso, cheio do coro amplo e virginal dessa tarde.

A mulher espiava com prazer uma chaminé que o ar rodeava de claridade insistente. Se perdera o motivo dos hábitos, ainda os conservava e, se esquecera o verdadeiro dirigir-se à sala, mantinha o modo de olhá-la – o que enchia seus dias de vigilâncias sem explicações, de pequenos começos interrompidos entre pigarros e pressas inúteis. Encontrar-se com o seu "compromisso" não era mais criá-lo. Era inquirir se na vida vivida alguma coisa se tinha cumprido.

E tinha, sim. Era um pensamento muito difícil o de ver que tinha, sim. Oh, nada de importante, apenas insubstituível. Cumprira-se muito mais mudo: de objeto a objeto, certa ascensão diária sempre independente do pensamento, o tempo se adiantando. Em que momento e junto de que objeto ela dissera, por exemplo: "Sou Lucrécia. Minha alma é imortal" – quando?

Ora, nunca. "Mas suponhamos que o tivesse dito." Foi assim que a mulher se sentiu obrigada a raciocinar. Porque da vida real, vivida dia a dia, ficara-lhe – se não quisesse mentir – apenas a possibilidade de dizer, numa conversa de vizinhas, em mistura de longa experiência e de descoberta de última hora: sim, sim, a alma também é importante, não acha?

Contar sua "história" era ainda mais difícil do que vivê-la. Mesmo porque "viver agora" era somente um carro andando no calor, alguma coisa avançando dia a dia como o que fica maduro, hoje era o navio em alto-mar.

Ela mesma sentindo-se como os outros a chamavam pelo nome, e viam-na viúva, e como os peixeiros vendiam-lhe em conivência peixe mais barato.

E alguma altivez. De tanta paciência, chegara afinal a um certo ponto, um cão latindo longe, o morro do pasto agora acessível graças ao viaduto, o olhar continuando a ser a sua reflexão máxima, e as coisas proliferadas: tesouras na mesa, asas, carros sacudindo constantemente o primeiro andar que um dia seria demolido, a sombra dos aeroplanos sobre a cidade. De noite o Cruzeiro acima dos telhados e a mulher ressonando tranquila, náutica.

Até este momento em que tricotava no terraço.

A poeira luminosa rodeando-a, máquina feliz que funcionasse em rápido silêncio. Do movimento contínuo das mãos nascendo um espírito e uma facilidade – e, sem surpresa, a clarividência dentro da clarividência como o escuro dentro do escuro: pois esta era a luz da tarde.

Quanto a ela mesma – ciente, apenas ciente. De que aquilo tudo era intransponível mesmo pela imaginação – essa dura verdade do sol e do vento, e de um homem andando, e das coisas postas. E uma pessoa nem sabia limitar-se. Pois ela nem podia deixar de orgulhar-se ao ver o tempo passar – mas já estamos no mês de fevereiro? – como se este fosse desenvolvimento seu. E era. E Perseu a realizara muito bem. E tantas vezes ela "dissera" porque – lá estava uma janela aberta. Uma pessoa era olímpica.

Uma pessoa era olímpica e vazia. Sentada de pernas abertas, as mãos se cruzando sobre a barriga.

Oh, ela vivera de uma história muito maior do que a sua. Como se limitar à própria história se lá estava a torre da usina? Essa verdade feita de poder olhar. Nunca tinha pensado mesmo; pensar seria apenas inventar.

O milho crescendo no campo fora o seu maior pensamento. E o cavalo era a beleza do homem. Assim eram as coisas. Sua paz fora a beleza de um cavalo. Seria esta a história de uma vida vazia?

De súbito, no meio do tricô, apenas por glória, a mulher se erguendo e batendo asas sombrias sobre a cidade realizada – sombrias como os bichos eram sombrios, morosos e livres; sombrios sem que a dor fosse sofrimento; o que houvera de impessoal na sua vida a fazia voar.

A tarde se obscurecera e a viúva aproveitou a penumbra para aconchegar-se; no silêncio abriram água abundante, então ela debruçou-se para divisar o balde que a água enchia num som cada vez mais raso e cantante, o coração curioso como o de uma velha. Sensível, sensível. Tudo o que possuíra de mais precioso estava fora dela: a água no balde? derramaram-na toda no terreno seco da loja. Da terra embebida erguia-se o cheiro sufocante de poeira – a viúva Correia tossiu de mentira, só para também se manifestar.

Chegara sem dúvida alguma a certo ponto de glória.

Também São Geraldo chegara a certo ponto, prestes a mudar de nome, diziam os jornais. Só isso se podia aliás dizer, só isso se podia ver, e ela via.

O rosto tomara uma dignidade quase física, finalmente possível de se transmitir a um filho – só que este passaria a vida a procurar justificar a herança, levando cegamente adiante a obscura raça de construtores. Que possuía como tradição a coragem.

Foi poucos dias depois que recebeu a carta da mãe chamando-a para a fazenda.

"Tem aqui um homem muito bom de coração, minha filha, que viu teu retrato e gostou e pergunta sempre por ti e por tua vida, minha filhinha. Digo-lhe que levas a vida de uma santa."

Não entendo! interrompeu-se Lucrécia sobressaltada – que desejava ainda sua fotografia?

Passando dias com a carta no seio.

E afinal resolvendo vender o sobrado e ir reunir-se ao retrato. Suspirando de alegria. A viúva, a viúva, dizia rindo, a implicar consigo mesma.

É o segundo marido, espantava-se como se não tivesse direito a tanta sorte. Direito mesmo tivera apenas a doutor Lucas, refletia a mulher sem se explicar.

Ah, a viúva, interrompia-se ela emocionada relendo mil vezes a carta. "Tem aqui um homem"..., cantava de cor. Olhava o retrato pendurado na parede do corredor para adivinhar o que a esperava, à viúva alegre. Terminava rindo de novo. Oh, era cada vez mais tarde.

Cada vez era mais tarde. Séria, ardente, correu para a sala, agarrou o frio bibelô e encostou-o à face, de olhos cerrados. Então abandonaria tudo isso...? No grande rosto de cavalo a lágrima escorria. E o bibelô construído pelos seus olhos...

Mas ela o abandonaria e abandonaria a cidade mercantil que o desmesurado orgulho de seu destino erguera, com um aterro e um viaduto, até a escarpa dos cavalos sem nome.

Fora levantado o sítio de S. Geraldo.

Daí em diante ele teria uma história que não interessaria mais a ninguém, largado às suas sérias subdivisões, às penas de multa, às suas pedras e bancos de jardim, avarento de quem em punição ninguém mais cobiçasse os tesouros. Seu sistema de defesa, agora inútil, mantinha-se de pé ao sol, em monumento histórico. Os habitantes o haviam desertado ou dele desertado seus espíritos. Embora também ficassem entregues à liberdade e à solidão.

Se haviam abaixado a ponte levadiça, no entanto pelo viaduto Almeida Bastos ninguém mais se lembrava de atingir a antiga fortaleza, o morro.

De onde os últimos cavalos já haviam emigrado, entregando a metrópole à glória de seu mecanismo.

Quem sabe – como diria Lucrécia Neves – um dia S. Geraldo teria linhas de trem subterrâneas. Parecia ser este o único sonho da cidade abandonada.

A viúva mal tinha tempo de arrumar a trouxa e escapar.

POSFÁCIO
OBYEZLOSHADENIE

m 1920, na época do nascimento de Chaya Pinkhasovna Lispector numa aldeia ucraniana, Isaac Babel – nascido perto dali uma geração antes – estava viajando com o exército bolchevique. Ele fazia a crônica dos horrores da guerra, incluindo os pogroms antissemíticos que levaram a família de Chaya a fugir. Como acompanhava a cavalaria, ele também estava registrando a labuta do animal que, ao longo de milênios, acompanhara cada aspecto do trabalho e da guerra dos homens. Agora, essa criatura indispensável estava sendo gradualmente substituída por veículos automotores. Babel chamou esse processo de *obyezloshadenie*.

Vinte e cinco anos mais tarde, a "descavalização" iria fornecer a metáfora mais pungente num livro que Chaya – então uma brasileira chamada Clarice – estava escrevendo. *A cidade sitiada* fala da transformação de uma menina em mulher, e da transformação de uma comarca em metrópole. A "civilização" do assentamento torna vivazes e tagarelas seus outrora humildes moradores; e, à medida que São Geraldo se expande, palavras, posses e casamento descavalizam progressivamente Lucrécia. Ela é grata por se ver domesticada – mas os animais se retiram, e *A cidade sitiada* termina com sua capitulação: "os últimos cavalos já haviam emigrado, entregando a metrópole à glória de seu mecanismo."

Em 1971, Clarice Lispector disse a um entrevistador que lesse *A cidade sitiada* – "se você conseguir", acrescentou, em tom de dúvida. "Eu mesma acho difícil." Em outro lugar ela se referiu a seu terceiro romance como "um dos meus livros menos gostados", e professou sua perplexidade com a história da garota de São Geraldo.

Todo brasileiro instruído conhece G. H. e Macabéa. Mas só o clariceano devoto reconhecerá rapidamente o nome de Lucrécia Neves Correia. Num país vergado sob o peso de escritos sobre Clarice Lispector, o livro que tem Lucrécia como protagonista é um órfão. Ensaios e artigos sobre ele são raros no Brasil, e aparentemente pouco lidos. As vendas indicam que é o menos popular dos romances de Clarice.

O livro quase matou sua carreira. Ela ficou famosa com seu primeiro romance, *Perto do coração selvagem*, publicado aos 23 anos. O segundo, *O lustre*, publicado três anos depois, em 1946, teve menos sucesso, apesar de ser ainda mais ambicioso que o primeiro – ou, mais provavelmente, por isso mesmo. Ela concluiu *O lustre* em Nápoles, onde estava acompanhando o marido, o jovem diplomata brasileiro Maury Gurgel Valente. Eles chegaram em meio ao furor da guerra – Clarice serviu de enfermeira a soldados brasileiros feridos; Maury ajudou a restabelecer o serviço diplomático –, mas esse começo dramático de suas carreiras no exterior se encerrou com a vitória dos aliados. Em 1946, eles foram enviados a Berna, a capital de um país intocado pela guerra. O contraste com Nápoles era ofuscante.

"Falta demônio nessa cidade", ela escreveu a um amigo.

O tédio e o exílio aprofundaram a depressão que ela já sofria antes do casamento, e que suas atividades durante a guerra tinham mantido sob controle. Agora, tudo o que lhe restava era ir ao cinema, tomar aulas de escultura e aprender a tricotar – mas se recusava a jogar baralho.

"Esta Suíça", escreveu à irmã, "é um cemitério de sensações."

Ela detestava estar longe dos amigos, da família e do seu país. "É ruim estar fora da terra onde a gente se criou", disse ela a outro amigo. "É horrível ouvir ao redor da gente línguas estrangeiras, tudo parece sem raiz."

Com tudo isso, Berna teve dois méritos compensadores, gestados simultaneamente: seu primeiro filho e *A cidade sitiada*. "Minha gratidão a este livro é enorme: o esforço de escrevê-lo me ocupava, salvava-me daquele silêncio aterrador das ruas de Berna, e quando terminei o último capítulo fui para o hospital dar à luz o menino."

O livro foi rejeitado pelo editor de *O lustre*. Ela pediu ajuda à irmã, alertando-a a não o ler. "Ele é tão cacete, sinceramente. E talvez você sofra em me dizer que não gosta e que tem pena de me ver literariamente perdida."

Mais rejeições se seguiram. Quando, por fim, um editor aceitou o livro, críticos que tinham expressado empolgação sobre suas obras anteriores ficaram desconcertados.

"É um livro denso, fechado", escreveu ela. "Eu estava perseguindo uma coisa e não tinha quem dissesse o que era."

Poucos tentaram.

"É um hermetismo que tem a consistência do hermetismo dos sonhos", disse um crítico. "Haja quem lhe encontre a chave."

*

Na primeira parte deste século, comecei a juntar material para minha biografia de Clarice Lispector. "A primeira parte deste século" foi menos de duas décadas atrás. Mas as mudanças tecnológicas criaram um fosso tão grande entre aquele momento e hoje que a frase parece justificada: foi, por exemplo, pouco antes que a câmera digital tornasse possível fotografar virtualmente qualquer coisa tanto quanto quiséssemos; e ainda posso me ver sentado no arquivo, lápis na mão, copiando cartas, palavra após árdua palavra.

"A primeira parte deste século" foi também pouco antes das vendas de livros online. Era impensável, quando comecei o trabalho, ter milhões de livros à disposição com um clique. Uma vez que eu não morava no Brasil nem num lugar com um notável acervo brasileiro de pesquisa, não vi alternativa senão formar uma biblioteca própria. Encontrar livros era um grande esforço. Eu buscava em vão referências – ou mesmo pistas de referências – para cima e para baixo no país. Em minhas visitas, nunca havia tempo suficiente para encontrar todas.

Não sinto nostalgia alguma pelo trabalho de tomar notas. Mas nunca deixei de garimpar livros. Adquiri um conhecimento da bibliografia brasileira impossível de ser conseguido sem aqueles milhares de horas aparentemente infrutíferas. E todo pesquisador sabe que encontrar algo que não estava buscando é, muitas vezes, mais empolgante que encontrar algo que você procura. Precisamente porque a internet torna fácil encontrar o que você está procurando, ela pode tornar mais difícil encontrar o que você não está.

Quando se tornaram disponíveis, os bancos de dados confirmaram minha intuição de que certos livros – baratos e populares na aparência – são, na verdade, raros ao extremo. Um romance publicado em brochura em 1964 talvez custe centavos quando você o encontra; mas justamente por ser barato e popular ninguém o valorizava e quase todos os exemplares foram parar no lixo.

Eu ainda colecionei livros brasileiros porque objetos precisam de curadores, explicadores. Todo bibliófilo já constatou o modo misterioso como livros engrandecem livros, e fragmentos se comunicam com fragmentos. Os livros, como as pessoas, existem de maneira mais feliz em sociedade.

*

Vários anos atrás, eu deparei com uma primeira edição de *A cidade sitiada*. Impresso num papel áspero e frágil, nem lido amplamente nem muito resenhado na época da sua publicação, esse livro ainda assim sobreviveu em muitos exemplares, o que fez dele a mais comum edição inicial de Clarice Lispector. Eu tinha um. Provavelmente não teria comprado outro – se não fosse por um encarte de página única que eu nunca tinha visto, e que nunca voltei a ver desde então.

Diz ele:

> As alterações a seguir são explicadas pela impossibilidade de a autora, então residindo na Suíça, estar presente quando da composição do livro. Tendo voltado ao país quando o livro já estava impresso, e considerando indispensável a necessidade de corrigir certos detalhes, essas correções seguem abaixo.

As quinze retificações incluem gralhas de uma única letra – "com" em vez de "como"; "sonhava com liberdade como uma guerra" em vez de "sonhava com liberdade como numa guerra" – que teriam escapado até mesmo a um olhar atento, particularmente um que estivesse acostumado com os arabescos da escritora. As revisões não mudam nada para o leitor. Mas eram importantes o bastante para que a escritora se desse ao trabalho de ter essa página impressa e inserida no livro.

O valor comercial dessa folha é zero. A prosa que ela contém, o parágrafo transcrito acima, é burocrática – e até, com aquele particípio oscilante, gramaticalmente discutível. No entanto, ela se torna intrigante quando vista em conjunto com outra descoberta que fiz quando já havia editado um esboço completo desta tradução. Quando arrumava alguns livros nas minhas prateleiras, deparei com uma segunda edição de aspecto lastimoso. Ela aparecera num leilão uma década antes, com o autógrafo de Clarice Lispector. Esses exemplares assinados são raros, mas aquele estava em mau estado – uma brochura, despojada de sua capa; uma segunda edição, não primeira – e sua dedicatória não era a ninguém famoso ("Rosa"). Não custou caro.

Notei então uma palavra, "revista", que não tinha notado antes, e que nunca percebera em nenhuma outra edição de obras de Clarice. Por estar já mergulhado neste trabalho, resolvi ver o que ela havia revisado. Editar esses livros significa examinar várias versões, um processo insuportavelmente tedioso que, no entanto, é também indispensável. Se eu não estivesse por acaso no meio dessa operação, jamais teria voluntariamente colocado uma segunda edição sob essa lente de microscópio.

No entanto, ao fazê-lo, encontrei alterações a cada página: centenas ao todo. Tentei encontrar outro exemplar para enviar ao tradutor. Online, não havia nada. Mas, enquanto trabalhava naquela versão, vi que considerar aquela segunda edição lado a lado com a primeira e a errata era constatar algo extraordinário. Os três documentos, tomados juntos, mostravam nada menos que um manuscrito da escrita de Clarice Lispector em processo.

*

Um manuscrito assim é, há muito tempo, um graal para os estudiosos. Com exceção de *Água viva*, que existe em duas versões, e de alguns trabalhos deixados incompletos quando da sua morte, seus rascunhos não existem. Devem ter existido, em algum momento: ela alegava ter reescrito *A maçã no escuro* onze vezes. Mas nenhuma dessas versões sobreviveu. Em todo caso, ela alegava nunca revisar ou reler obras publicadas. "Quando releio o que escrevi", disse ela a um amigo, "sinto que eu estou engolindo meu próprio vômito."

À medida que ela entrava na maturidade, sua escrita passou a lembrar a poesia, tal como Wordsworth a definia: "o fluxo espontâneo de sentimentos poderosos." A aparência de fluxo espontâneo era uma marca registrada de seu estilo. Como Frans Hals ou Vincent van Gogh, ela se parecia com um *action painter*; escrevia, segundo se falou mais tarde, em transe. Mas ver aquelas revisões é descobrir – como quando se examina uma pintura com raios X – que por baixo da superfície furiosa se esconde uma calculada e laboriosa arquitetura.

Ver aqueles vários estágios é constatar o quanto, e por quanto tempo, *A cidade sitiada* a obcecou. Ela começou o livro em 1946; a segunda edição data de 1964. Isso significa que, de uma forma ou de outra, ela esteve trabalhando neste livro por dezoito anos. Mesmo quando ela ainda estava em Berna, sua prolongada reescrita chocou sua empregada doméstica. Era melhor ser uma cozinheira que uma escritora, a mulher disse a sua patroa – já que "se a gente põe sal demais na comida, depois não pode fazer nada a respeito".

Clarice escreveu à irmã:

Eu [estou] lutando com o livro, que é horrível. Como tive coragem de publicar os outros dois? Não sei nem como me perdoar a inconsciência de escrever. Mas já me baseei toda em escrever e, se cortar este desejo, não ficará nada. Enfim é isso mesmo. Cheguei mesmo à conclusão de que escrever é a coisa que mais desejo no mundo, mesmo mais que amor.

Suas cartas da Suíça mostram como ela estava profundamente deprimida; talvez não seja exagero dizer que, com este livro, sua vida estava em xeque. Seria por isso que era tão difícil soltá-lo? Quando o fez, ela ficou constrangida por ter-se aferrado a ele tão ardentemente. A afirmação, na errata, de que não tinha supervisionado sua publicação é inverídica, por exemplo: ela esteve no Rio por vários meses antes de o livro sair, e não voltou mais para a Suíça.

Na segunda edição, ela limpa um pouco a gramática: a última frase do Capítulo 4, na primeira edição, poderia se referir tanto a Lucrécia quanto à sala de estar; a segunda edição resolve isso. Troca pronomes por nomes – "Lucrécia" em vez de "ela" – ou substitui o pronome neutro por algo explícito: "Um instante em que se exprimisse a si próprio" torna-se "Um instante em que ela se exprimisse". Ela minimiza a voz passiva: "a própria resistência teria sido quebrada tantas vezes antes" torna-se "ela teria tantas vezes antes quebrado a própria resistência".

Isso é limpar; revisar. Em outras partes, ela insere a palavra "já", uma sílaba aceleradora adicional. Ela acrescenta coisas: começando o Capítulo 5 com "Pouco depois", por exemplo. Ela explicita: "esfregou o corrimão com a manga" torna-se "esfregou o corrimão da Biblioteca com a manga". No mesmo capítulo, ela elimina "como sinais de telegrama". E, no Capítulo 7, chega a eliminar uma frase – "As manhãs eram úmidas em São Geraldo" – que havia inserido na errata.

*

As mudanças mais significativas têm o efeito de recortar uma janela, abrir uma porta. Do início ao fim, Clarice fragmenta os grandes blocos negros da primeira edição, partindo parágrafos em cinco, seis e até sete seções separadas. Esse espaço branco suplementar permite ao leitor mover-se página abaixo com muito mais facilidade.

Mais estranha é a pontuação. Quebrando o ritmo, adicionando pausas, deslocando ênfases, centenas de vírgulas são espalhadas ao longo do texto, mudando a música de sua prosa, esclarecendo passagens difíceis – e também, com a mesma frequência, turvando-as mais ainda, como estranhos cabelinhos na sopa. Clarice muda algumas passagens. Outras ela determina que fiquem exatamente iguais.

No entanto, não há improviso algum em sua pontuação. "Minha pontuação é minha respiração", dizia ela. Nos anos 1950, ela ordenou altivamente à editora francesa de *Perto do coração selvagem* que deixasse em paz sua pontuação: "Você há de concordar que os princípios elementares da pontuação são ensinados em todas as escolas." No final dos anos 1960, quando começou a escrever para o diário carioca *Jornal do Brasil,* ela insistiu com sua editora, repetidas vezes, que a moça não devia alterar "nem uma vírgula".

O tema aflora constantemente. Essa insistência, e a atenção que ela dedicou ao livro por quase duas décadas, torna as mudanças que decidiu não fazer tão dignas de nota quanto as que de fato fez. Quanto mais as examinamos, mais enigmáticas elas parecem. Só se pode concluir que esse mistério era, ao menos parcialmente, a verdadeira questão. Em novembro de 1958, um editor escreveu para convidá-

-la a colaborar com uma nova revista: "Queremos ler seus contos que nunca consideramos *inteligíveis*."

O apelo era bem formulado. Ela mandou os contos.

*

Um dos desafios de traduzir *A cidade sitiada* é seu elenco de "palavras ligadas à visão": *divisar, encarar, enxergar, espiar, fitar, observar, olhar, parecer, perceber, pressentir, prever, rever, sentir, ver, vigiar*. Com todos os seus aspectos, em todas as expressões idiomáticas que elas povoam, adornadas pelos usos poéticos de Clarice Lispector, elas descrevem nuances do ver. Às vezes Lucrécia olha ou vê em vez de dizer ou pensar: "Esta cidade é minha, olhou a mulher." Às vezes essas palavras são usadas de uma maneira difícil de entender.

Contudo, se a linguagem pode ser inescrutável, não há nada de ininteligível em Lucrécia Neves. Diferentemente das protagonistas dos dois primeiros romances de Clarice, Lucrécia é fútil e pretensiosa, satisfeita de permanecer na superfície. Lucrécia – está em seu nome – é lucro, é só mais um dos bibelôs de porcelana na sala de estar de sua mãe: "Eis, eis, toda ela, terrivelmente física, um dos objetos." Suas ambições são materiais, e ela é a mulher mais insolentemente superficial que Clarice retratou.

Mas outra maneira de ler a "objetificação" aparece quando a colocamos lado a lado com *O segundo sexo,* de Simone de Beauvoir, também publicado em 1949. Também este livro mostra como as mulheres veem e são vistas. Beauvoir entende as relações humanas como uma batalha de olhares, e a batalha entre homem e mulher é travada entre alguém que olha e alguém que é olhado; sujeito e objeto; senhor e escravo. O olhar masculino é o padrão, ao qual as mulheres têm que se adaptar. Os pronomes masculinos são universais:

"o homem" abarca a mulher, mas "a mulher" não abarca o homem. O homem é o primeiro sexo. A mulher é o segundo.

A mulher, por conseguinte, "torna-se um objeto; e se compreende como um objeto", escreve Beauvoir. "No momento em que aceita sua vocação como objeto sexual, ela tem prazer em se adornar." É essa objetificação – em particular o modo frívolo e cafona como Lucrécia a saboreia – que Clarice Lispector ironiza. Lucrécia carece do ardor, da rebeldia, das garotas das primeiras narrativas de Clarice. Em vez disso, como as mulheres objetificadas que Beauvoir descreve, ela se empenha em se converter numa coisa – e tem êxito.

Para fazer isso, uma mulher precisa discernir, distinguir, antever, olhar, observar, perceber, ver, aparentar, espiar, espreitar. Seu instrumento nesse trabalho subterrâneo é o espelho, que, se empregado adequadamente, irá ajudá-la a se transformar num ideal – um objeto reluzente, uma estátua pública. No espelho, ela contempla "seu maravilhoso duplo", escreve Beauvoir: "a promessa de felicidade, uma obra de arte, uma estátua viva." Lucrécia é "uma estátua aos pés da qual, em festa cívica, se depositassem flores", e que aspira ser um fragmento grego sem rosto: "Sonhar ser grega era a única maneira de não se escandalizar."

De início, Lucrécia, como os cavalos, escoiceia; também ela tem cascos. Contemplando a si mesma no espelho e adaptando-se cuidadosamente a suas demandas, ela se descavaliza. O casamento completa a tarefa iniciada na meninice: "Parecia à recém-casada não ver há anos uma vaca ou um cavalo."

*

Depois da segunda edição de 1964, Clarice não voltaria a mexer no texto. Mas ela nunca falou de qualquer livro seu com a mesma insistência com que falava deste. Frequentemente o mencionava em entrevistas. "Tive a grata surpresa de saber que algumas pessoas que já haviam lido *A cidade sitiada* e que na primeira leitura não haviam gostado ou entendido, ao reler identificaram-se mais com a obra, apreciando-a", disse ela em 1960. Em 1970, ela se perguntava, diante da incompreensão de um crítico não nomeado: "Será que isso quer dizer que não consegui erguer até à tona as intenções do livro?"

Em *Um sopro de vida,* a grande obra deixada inacabada com sua morte, Clarice Lispector voltou uma última vez a este livro. Os escritos que ela produziu nas três décadas desde que ela iniciara *A cidade sitiada* fizeram desabrochar significados sublimes que estão apenas latentes – subjacentes – aqui. Eles fornecem a chave que estava faltando na época da publicação. Um conhecimento retrospectivo da obra de Clarice Lispector mostra que a coisificação de Lucrécia não é meramente sexual, ou sociológica: ela representa o mistério da criação, por Deus, do ser – e da criação, pelo ser, da coisa.

"O objeto – a coisa – sempre me fascinou e de algum modo me destruiu. No meu livro *A cidade sitiada* eu falo indiretamente no mistério da coisa. A coisa é bicho especializado e imobilizado", ela escreveu em *Um sopro de vida.* A palavra "coisa" adquire camada sobre camada de ressonância na obra de Clarice, e finalmente acaba por representar uma aspiração, tanto linguística como espiritual. "Falam, ou melhor, antigamente falavam, tanto em minhas 'palavras', em minhas 'frases'", escreveu ela sobre este livro. "Como se elas fossem verbais. No entanto nenhuma, mas nenhuma mesma, das palavras do livro foi – jogo. Cada uma delas quis essencialmente dizer alguma coisa."

A objetificação de Lucrécia é um alerta, como teria sido para Simone de Beauvoir. Mas é também uma espécie de ideal horripilante. "O que eu quis dizer através de Lucrécia – personagem sem as armas da inteligência, que aspira, no entanto, a essa espécie de integridade espiritual de um cavalo, que não 'reparte' o que vê, que não tem uma 'visão vocabular' ou mental das coisas", escreveu Clarice em sua resposta ao crítico em 1970. O desejo de Lucrécia de escapar da linguagem a conecta com outras figuras na obra de Clarice, da Virgínia de *O lustre* ao Martim de *A maçã no escuro* e à G.H. de *A paixão segundo G.H.* Neste último livro, Clarice revela o pleno horror de despojar uma pessoa de tudo o que vê num espelho: personalidade falsa; linguagem recebida, feita de clichês; todos os sedimentos pegajosos que se depositam em nossa alma animal, e dar a isso, por nós e por outros, uma forma inteligível.

Pode parecer irônico que um escritor, qualquer que seja, busque escapar da "visão vocabular". Mas Clarice Lispector era uma mística. É por isso que a identificação de Lucrécia com os cavalos é tão reveladora e densa. Ela tenta afogar com balbucios a ausência de palavras, "que não sente a necessidade de completar a impressão com a expressão". Ao fazer isso, ela se aliena da linguagem perfeita, da linguagem para além das palavras, "para além do pensamento". A palavra grega para cavalo é álogo – "sem razão, sem fala". Seria a transformação num cavalo grego o único meio de evitar se escandalizar?

*

No entanto, a luta contra a objetificação no sentido concreto, sociológico, beauvoiriano – a luta entre a inteligibilidade e a ininteligibilidade – está presente neste livro também. A incompreensão com que ele foi recebido teve consequências sérias, quase fatais, para a carreira de Clarice. Seu romance seguinte foi rejeitado, ano após ano, desanimadoramente, por todas as boas editoras do Brasil – e por uma porção de editoras ruins também. *A maçã no escuro* só saiu em 1961, doze anos depois de *A cidade sitiada*.

Clarice passou os anos 1950 em Chevy Chase, nos arredores de Washington. Longe de casa, incapaz de publicar, às voltas com a doença mental de um de seus filhos, estava também aprisionada a um casamento que, embora insatisfatório, não era abusivo nem particularmente infeliz. Na verdade, oferecia vantagens: um parceiro que a amava, estabilidade para os filhos, liberdade financeira para levar adiante sua escrita. O casamento também lhe permitia evitar o estigma que, naqueles tempos, se colava a qualquer brasileira que deixasse o marido.

Contudo, não havia trégua na batalha entre a esposa de diplomata – de acordo com a opinião geral ela era excepcionalmente hábil – e a criatura "saída direto do zoológico" que explode em seus primeiros livros. Ela se atormentava com a consciência da falsidade para a qual o papel de seu marido a impelia. "Eu me lembrei de um tempo em que cheguei ao refinamento (!?) de ter um garçom em casa passando lava-dedos a todos os convidados da seguinte maneira: cada lava-dedos tinha uma pétala de rosa flutuando no líquido", escreveu ela.

Já na Suíça ela estava tomando barbitúricos. Ao longo de seus anos no exterior, lutou contra o que Sartre e Beauvoir chamavam de "má-fé" – a tentação de deslizar para a anestesia. A mulher que faz de si um objeto era um dos três tipos de mulher que Beauvoir catalogava como agindo de má-fé; mas os existencialistas, que tinham visto os cruciantes conflitos que emergiram sob a ocupação nazista, sabiam que as avaliações que levavam à má-fé não eram feitas de modo frívolo.

Render-se, para muita gente, era uma questão de vida ou morte. Podia ser algo prodigamente recompensado – e não apenas na forma de hotéis e lojas de roupas aos quais Lucrécia ascende mediante o casamento. A escolha entre Clarice Lispector e Clarice Gurgel Valente não era das que podiam ser resolvidas de imediato. Beauvoir, não obstante, insistia que uma mulher devia escolher a liberdade em detrimento da tentação vistosa da felicidade.

 A cidade sitiada foi escrito em meio a essa guerra. Talvez seja por isso que, para cada passagem que aclarou em suas revisões, ela tenha mantido a aspereza de outras – tornando-as às vezes até mais ásperas. Atravessá-lo com atenção é ver passagens tão espinhosas quanto qualquer coisa que esta escritora difícil tenha escrito. Ver tudo o que ela deixa sem explicação é atestar sua resistência ao reflexo automático – é vê-la oscilando entre a boa e a má-fé.

 Boa-fé significava fracasso comercial e desconcerto da crítica, o fim de seu casamento e a dissolução de sua família. Mas Clarice Lispector não estava resignada a *obyezloshadenie*. Em 1959, ela deixou o marido e voltou com os dois filhos para o Rio de Janeiro. Então, em 1964, ano da segunda edição de *A cidade sitiada*, publicou *A paixão segundo G.H.* Este não fazia concessões. Os cavalos estavam de volta.

— BENJAMIM MOSER

Les Eyzies-De-Tayac, setembro de 2018

Tradução: JOSÉ GERALDO COUTO.

*Este livro, publicado em
nova edição no quadro das
comemorações do centenário
de nascimento de Clarice
Lispector, foi impresso
com as fontes Didot
e Akzidenz Grotesk.*